一间
只属于自己
的房间

〔英〕弗吉尼亚·伍尔夫 著

周颖琪 译

A
Room
of
One's
Own

天津出版传媒集团

天津人民出版社

果麦文化 出品

Virginia Woolf.

Chapter 01

　　你们或许要问，我们要谈的是女性与小说——这和一间自己的房间有什么关系？我会试着解释一下。当我得知，你们要我谈的是女性与小说这个话题，我便坐在河边开始思考，"女性与小说"到底意味着什么。我们可以聊聊范妮·伯尼，发表几句简单的评论；再多说几句简·奥斯汀；可以向勃朗特姐妹致敬，再描述一下冰雪覆盖的霍沃斯故居；如果可能的话，再提一下米特福德小姐，调侃几句；再说说乔治·艾略特，表达一番敬意；最后再提几句盖斯凯尔夫人，这个话题就说完了。

　　但我转念一想，这个话题似乎没有这么简单。根据每个人的不同理解，女性与小说这个话题的含义也不同，它可以是女性与女性的形象，可以是女性与女性创作的小说，可以是女性和描写女性的小说，又或者是三种意义缺一不可，而你们希望我能结合三者一起讨论。最后一种角度似乎最有趣，但如果我选择这个角度，便会面临一个巨大的麻烦，那就是我永远也无法得出一个结论。我认为，演讲者的第一要务，是通过一个小时的演讲，向你们传达一点点纯粹的真理，让你们能把它记在笔记本里，放在壁炉上保存起来。但演讲者的这一职责，我恐怕永远也不可能实现了。我所能做的，只不过是从一个更小的角度出发，谈谈我的一点看法——一个女人如果要写小说，那么她必须拥有两样东西，一样是金钱，另一样是一间自己的房间。我这么一说，大家就会发现，无论是关于女性的本质，还是关于小说的本质这样的大问题，我都没有做出回答。我避免针对这两个问题下任何结论，因为至少对我个人来说，女性也好，小说也好，都是悬而未决的问题。作为补偿，我会告诉大家，我如何得出了这个关于房间和钱的结论。接下来，我会尽可能完整地跟大家畅谈我的思考过程。等我说明白我的结论，以及这个观点背后的想法、偏见和谎言，你就会发现它们既关乎女性，也关乎小说。总而言之，在任何一个极具争议的话题上，谁也不要指望自己的观点能够抵达真理，而性别就是这样一个话题。我们能做的只有去表达，我们如何得出了自己的观点。面对听众，我们只能期望他们能发现演讲者自身的局限、偏见与偏好，让他们能在此基础之上得出自己的结论。从这层意义上来说，小说比起现实可能包含了更多真理。因此，作为一个小说家，我准备利用自己的自由与特权，讲一讲我来这里之前的两天里发生了什么——讲一讲你们丢给我的这个话题分量有多重，给我的负担有多大，我怎样苦思冥想，怎样在我日常生活的里里外外伤透了脑筋。当然了，我接下来要描述的情形并没有真正发生过，牛桥大学是虚构的，芬汉姆学院也是虚构的，就连我接下来要说的这个"我"也不是任何人，而是一个方便的代称。我的讲述之中存在谎言，但也可能夹杂着一些真理。而你们，要自己找出这些真理，自己分辨其中哪些部分值得保留下来。如果你们找不到任何真理，那就把它们全部扔进废纸篓，忘个一干二净吧。

一两个星期以前，10月里一个天气和煦的日子，我

（你可以叫我玛丽·贝顿、玛丽·塞顿、玛丽·卡迈克尔，或者随便叫一个你喜欢的名字——因为名字并不重要）坐在河边，陷入沉思。正如我刚才所说，女性与小说，是一个会引起各种偏见和激愤的话题，我却不得不就这样一个话题发表结论，它像一副沉重的镣铐，压得我抬不起头来。我的左右两旁是几丛不知名的灌木，有金色，有深红色，泛着火光，像是在火热地燃烧。河对岸有几棵柳树，枝条如发丝垂在肩头，低头哀叹，仿佛有说不完的忧伤。河水随意映出了一片天空、一段小桥和灼烧的树，一位大学生撑着桨从倒影中划过，倒影分开了，随即又合二为一，仿佛他从未经过。这样一个地方适合坐下来，忘记时间，沉浸在思考中。思考——这么说不免有些浮夸——任由它的钓线垂入河水之中。时间一分一秒地过去，这条线在水里飘荡，从倒影中漂过，从水草上漂过，任由河水的摆布沉沉浮浮，突然——就像是被拉了一下——一个想法上钩了：接着我谨慎地把线收回，小心翼翼地把它提出水面一看，啊，我把钓上来的想法往草坪上一放，看起来那么渺小，那么无足轻重；聪明的渔夫钓到这种小鱼，会把它们放回水里，等它们长大了，才能做成一道盘中美味。好了，现在我不拿这个想法来烦扰大家，但是，只要你留心，在我接下来要讲的话里，你说不定能找到它。

这个想法虽然微小，但依然具备它同类的神秘特质——只要放回大脑，它就会变得重要，让人情绪高涨；它冲撞、下沉，一会儿闪到这边，一会儿闪到那边，激荡起一圈圈思想的躁动，让人一刻也静不下来。这时，我发现自己正飞快地穿越一片草坪。紧接着出现了一个男人的身影，挡住我的去路。那个奇怪的人穿着燕尾服和礼服衬衫，手里比画着什么，脸上露出惊恐和愤怒的神色，我一开始还没反应过来他在示意我。帮我理清眼前状况的不是理智，而是本能：他是一名校官，而我是个女人。我走在跑马场上，而路在那边。只有研究员和学者能走这里，石子路才是我应该走的地方。这些想法发生在一瞬间。我一走回正路，校官就放下手臂，神色也恢复了惯常的平和。草坪走起来比石子路更舒服，但我不走也不会遭受多大损失。对于那些某某大学的研究员和学者，如果说我还有什么可以控诉的，那就只有他们为了保护这片连续养护了三百多年的草坪，害我找不到我的小鱼了。

　　我已经记不清楚，是什么想法让我不知不觉擅闯了禁地。我的心绪突然一片宁静，就像空中出现一片云彩，如果这世上真有宁静的心绪，那它一定存在于一个晴好的10月早上，牛桥大学那些中庭和四方院里。我漫步在校园里，走过古老的回廊，粗鄙的现实似乎被磨平，我仿佛置身于一个神奇的玻璃柜，隔绝了外界的一切声音，大脑从一切现实中解放出来（除非你又踩到了草坪），可以任意沉思些什么。我脑中冒出了一篇过去的文章，说的是放长假时重返牛桥大学的事，这让我想起查尔斯·兰姆——萨克雷曾经用兰姆的信抵着额头，称他为圣人兰姆。当然了，在所有逝者当中（我想到哪儿就说到哪儿），兰姆是最亲切的一位，面对他，你感觉问得出："跟我说说，你是怎么写出那些文章的？"我觉得，他的文章比马克思·比尔博姆写得还要好，后者的文章固然完美，但兰姆的文章中穿插着狂野的想象和天才的闪光，这让他的文章不尽完美，又闪烁着诗性。可能在一百多年前，兰姆来过牛桥大学。当然他写了一篇文章——名字我不记得了——内容是关于他在这里见到的一份弥尔顿诗歌手稿，可能是《利西达斯》的手稿。兰姆写道，一想到《利西达斯》里面每一个词都可能不是现在这样，他就觉得十分震惊。想到弥尔顿可能更改诗里的用词，他就觉得这是一种亵渎。这让我努力回想《利西达斯》中的句子，自娱自乐地猜想弥尔顿可能会改动哪个词，改动的原因又是什么。我突然意识到，兰姆看到的这份手稿离我不过几百码远，我完全可以跟随兰姆的脚步，穿过四方院，去往珍藏手稿的那个图书馆。去图书馆的路上，我又想起，萨克雷的《亨利·艾斯芒德》手稿也珍藏在同一间图书馆。批评家们常说，《亨利·艾斯芒德》是萨克雷最好的小说。但在我的记忆中，这部小说模仿了18世纪的写作风格，有些不自然，造成一些局限性；除非萨克雷是自然而然地掌握了18世纪的写作风格，只要看看手稿，看看哪些修改是迁就风格，哪些修改是为了合乎情理，这个问题就能真相大白了。但这样一来，必须先明确什么是风格、什么是意义，这个问题——想到这里，我已经来到图书馆门前。我一定是打开了图书馆的门，因为门前赫然立着一位和善的银发绅士，像一位拦路的守护天使，身后飘着的黑袍取代了白色的翅膀。他的嗓音低沉，带着不以为意的口气，冲我挥了挥手，说很抱歉，女士只有在学院研究员的陪同下才能进入图书馆，否则就要出示介绍信。

和这间图书馆的名声相比，一个女人对它的咒骂根本就无足轻重。它庄严而沉静，将所有珍宝紧紧锁在怀中，沾沾自喜地陷入沉睡，而且对我来说，它会永远这样沉睡下去。我怒气冲冲地走下楼梯，对自己发誓，我再也不会到这里留下足音的回响，再也不会从这里讨要友善的接待。可是，离午餐时间还有一小时，我做些什么好呢？去草场上漫步？去河边坐坐？今天的确是一个美好的秋日早晨，树叶颤巍巍地下落，在地上撒下一片红色，怎样打发时间都不难。但这时，一阵乐声飘到我耳边。前面正在举办某种仪式或庆祝活动。我一走进教堂大门，管风琴就发出了一阵庄严的控诉。宁静的空气中响彻基督教的忧伤，这种忧伤比起忧伤本身，更像一段对忧伤的回忆。古老的管风琴发出的低鸣，也融进了这片宁静。就算我有权利，我也不想进去，因为没准儿会被教堂司事拦下，让我出示受洗证明或系主任的介绍信。这些宏伟建筑的外观通常和内部一样好看。而且，集会的人进进出出，在教堂门口忙忙碌碌，仿佛蜂房外聚集的蜜蜂，光是站在外面看就已经足够有趣。有人穿着长袍，戴着方帽；有人肩上披着毛衬里的垂布；有人坐着巴斯轮椅；还有人未到中年，身形就已经极其扭曲枯槁，让人想起水族箱底那些巨蟹和龙虾，每蹒跚挪动一步，都累得气喘吁吁。我靠在墙上，大学校园看上去俨然一处庇护所，保护着这些珍稀人类，如果把他们丢进斯特兰德大街上自谋生路，他们肯定很快就会被淘汰。我想起一些老故事，讲的是那些老院长和老教师，但还没等我鼓起勇气吹声口哨——据说以前的教授一听见口哨声便拔腿就跑——庄严的集会人群就已经进入了教堂。小教堂外表依旧，高高的穹顶和小尖塔会在夜里发光，光亮能照到几英里之外，一直传到山那边很远很远的地方，像一艘永不抵岸的船，航行就是它的永恒。也许，这个环绕着整齐草坪的四方院、这座巨大的建筑和小教堂本身，都曾经是一片沼泽地，青草在这里飘摇，猪群在这里拱土觅食。也许，很久很久以前，一队队牛马拉来了一车车石块，就在我驻足的这片阴影里，过去的人们花费了无数力气，搬起这些灰溜溜的石块，按照顺序垒在一起，油漆工们带着装窗户用的玻璃，泥瓦匠们带着油灰、水泥、铲子和泥刀，几百年来在那屋顶上忙活个不停。每到星期六，都有人从自己的皮钱包里掏出大把金银，塞到那些工匠手里，让他们换来一晚欢乐，喝喝酒或是玩玩九柱游戏。我想，只有金银财宝源源不断地注入这个庭院，石材才能不间断供应，泥瓦匠才能不间歇地工作；他们平地、开沟、挖掘、排水。那个时代是信仰的时代，人们有意投入这些钱，在稳固的地基上垒好石头，之后又有更多钱来自国王、女王和贵族们的金库，让圣歌在这里响起，学者在这里进修。有人分配土地，有人缴纳什一税。后来，信仰的时代成为过去，理性时代到来，金银的源流依然不断，人们建立研究员制度，资助讲师职位。只不过现在，金银不再来源于国王的金库，而是来自商业和制造业的收入，来自那些靠经营实业发了财的人，他们慷慨解囊是出于自愿，为了回报当年他们学到的技艺，而资助大学设立更多教授、研究员和讲师职位。几个世纪前，这些图书馆、实验室，这些天文台，那些昂贵、精致、保存在玻璃柜里的先进设备都不存在，这里曾经只有青草和猪群。当然，此时此刻我漫步在庭院，走在那些金银铸就的坚实地基上，铺好的路面严严实实地掩盖了野草的生长。头上顶着盘子的侍者匆忙上下楼梯。窗台上的花盆里开满了艳丽的鲜花。屋内传来留声机的刺耳声响。我没法不联想——不管想什么，它都被打断了。钟声响起，到吃午饭的时间了。

奇怪的是，小说家笔下的午餐会，似乎总是在描写某个人说的某些俏皮话，或某个人做了某件聪明事。很少有人费口舌去描述大家吃了什么。小说家之间形成了一种默契，不去提及汤品、三文鱼或乳鸭，仿佛汤品、三文鱼和乳鸭之类的东西不重要，仿佛没有人抽过一根雪茄烟，仿佛没有人饮过一杯酒。现在，我要擅自打破这一惯例，告诉你们，在这次午餐会上，第一道菜是鳎目鱼，装在深盘里，校厨在上面撒了一层雪白的奶油，只零星露出一些棕色的斑点，就像母鹿身上的梅花一样。下一道菜是山鹑。你可别以为这道菜就是盘子里放上几只棕色的秃毛小鸟。这道菜量大而且配料丰富，搭配各种沙拉和酱汁，有甜有辣，摆放得整整齐齐；土豆片切得和硬币一样厚，口感还相当柔软；菜心鲜美多汁，形状宛如玫瑰花蕾。侍者静候一旁，说不定他就是刚才那位校官，只不过表情更温和些。我刚吃完烤肉和配菜，他就端上一份甜点，旁边装饰着折叠纸巾，点心一入口，嘴里顿时翻涌起各种甜味。如果说它是布丁，让它与大米和木薯淀粉为伍，那简直是一种大不敬。与此同时，酒杯中流淌着黄色或深红色的琼浆，一杯喝完，又满上一杯。渐渐地，在我们的脊髓深处、灵魂栖居的地方，有什么东西被点燃了，不是被那种我们称之为才华的刺眼电光，它只在我们的唇齿之间跳跃，而是一种更深刻、更微妙、更隐蔽的光，是理性交流碰撞出的明黄色火焰。不用着急，不用炫耀，做自己就好，不用做其他任何人。我们来到了极乐世界，凡·戴克和我们做伴——换句话说，坐在窗边的座位上，点一支烟，深深地陷入靠垫之中，你会觉得生活多么美好，回报多么芬芳，愤怒和委屈多么微不足道，友情和同类多么值得称道。

　　如果我手边恰好有烟灰缸，如果我没有不合时宜地把烟灰抖出窗外，如果情况稍有一点儿不同，我就不会碰巧看到它，我们假设它是一只没有尾巴的猫。这只无尾猫突然出现，悄无声息地穿过四方院，熄灭了我的感性之光，取而代之的是潜意识的理智，就好像有人在我身上蒙上了一道阴影。也许是德国白葡萄酒的酒劲过了，我望着那只曼岛猫在草坪中间停下脚步，仿佛它也在思考宇宙，我突然觉得周围少了什么，有什么不一样。我一边听着大家的谈话，一边问自己，到底少了什么，到底有什么不对。要回答这个问题，我需要让自己的思绪离开这个房间，回到过去，回到战争之前，在脑中还原另一场午餐会的场景，地点离这里不远，但不一样，一切都不一样。宾客们正在交谈，他们人数众多，都很年轻，有的是我这种性别，有的是另一种。他们的对话顺畅、愉悦、自在又风趣。我把这些对话放到跨越时空的另一场对话中，比较这两者，非常确定其中一方由另一方演变而来，是另一方的合法继承人。没有任何改变，没有任何不同，只不过在这里，我不仅去听人们说的话，还听那些话语背后的杂音和暗流。对，没错——变化就在这里。如果回到战前，人们在这种午餐会上说的话和现在并无不同，但听起来却不一样，因为过去人们的交谈伴随着一种嗡嗡的杂音，虽然不清楚，但听起来很悦耳，令人振奋，甚至改变了话语本身的含义。那种杂音能用语言来形容吗？也许只有借诗人之手才能做到。我身边有本书，随手打开一翻，就翻到了丁尼生。我听到丁尼生在这里吟唱：

> 一颗晶莹的泪珠
>
> 从门前一朵西番莲滑下。
>
> 她来了，我的鸟儿，我的爱人；
>
> 她来了，我的一生，我的宿命；
>
> 红玫瑰叫，"她近了，她近了"；
>
> 白玫瑰啜泣，"她迟了"；
>
> 飞燕草倾听，"听到了，听到了"；
>
> 百合花低语，"我在等待"。

这是战前的午餐会上男人们的杂音吗？也是女人们的吗？

> 我的心是鸟儿在歌唱

筑巢在那挂着露珠的新枝上；

我的心是一棵苹果树

累累的硕果在枝头荡漾；

我的心是一片彩虹贝壳

在宁静的大海中划桨；

我的心无比快乐

因为我的爱人就要来到我身旁。

这是战前的午餐会上女人们的杂音吗？

一想到战前时期的人们在午餐会上低吟这些词句，我就觉得十分荒唐，忍不住大笑起来，为了避免尴尬，我只能指了指草坪中央那只曼岛猫，这个可怜的小东西，少了条尾巴，看起来确实有点滑稽。它是生下来就这样，还是意外失去了尾巴？据说曼岛上确实生活着一些无尾猫，但它毕竟没有我们想象的那样常见。无尾猫是种奇怪的动物，说不上美丽，只能算新奇。真是奇怪，一条尾巴竟然能造成这么大的区别——你知道的，午餐会结束、人们纷纷起身去拿外套和帽子的时候，就会说些这样的话。

多亏主人热情好客，这次午餐会持续到了下午晚些时候。美好的10月天色暗淡下来，我走上大道，道旁的树上有叶子落下。轻轻地，一扇扇门在我身后关上。数不清的钥匙被数不清的校官插进上了油的锁孔；藏宝箱又将度过一个安全的夜晚。走过大道，我走上一条小路——路名我不记得了——沿着这条路走，别转错弯，就能到芬汉姆学院。时间有的是。晚餐到7点半才会开始。这么一顿丰富的午餐过后，晚餐不吃也罢。奇怪的是，一段诗驱动着我的大脑，驱使我的双腿走在路上，穿越时间，快步走向海丁利。那些诗句——

　　一颗晶莹的泪珠

　　从门前一朵西番莲滑下。

　　她来了，我的鸟儿，我的爱人——

流淌进了我的血液。这时，我换了一种方法，伴随着湍流翻过堤堰的声音，唱道：

我的心是鸟儿在歌唱

筑巢在那挂着露珠的新枝上；

我的心是一棵苹果树……

多伟大的诗人，就像人们在暮色中常做的那样，多伟大的诗人！

带着有点嫉妒的心情，我做了一个有点愚蠢和荒唐的比较，想看看我们这个时代还能不能找到两位像丁尼生和克里斯蒂娜·罗塞蒂这样伟大的诗人。我一边凝视着水中的泡沫一边想，显然这是不能的。诗歌之所以能让人忘乎所以、陷入狂喜，是因为它歌颂人们熟悉的心情（比如说战前时期午餐会上的心情），因此人们能自然而然地做出反应，无须再次确认这种心情，无须拿它和此时此刻的心情比较。而当代诗人表达的情绪是捏造的，从此时此刻的我们身上剥离了下来。我没法一下子认出它，往往产生莫名的恐惧；人们敏锐地观察它，把它和自己过去的心情做比较，有些嫉妒，有些怀疑。现代诗难读就难在这里，因此就算看到优秀的现代诗，人们记住的诗句也不会超过两行。因为我记忆力不够好，脑中的证据不足，所以这个问题的结论只能暂且搁置了。我一边继续朝海丁利的方向走去，一边想，到底是为什么，午餐会上的人们不再发出杂音呢？阿尔弗雷德为什么不再唱：

她来了，我的鸟儿，我的爱人——

克里斯蒂娜为什么不再和：

我的心无比快乐
因为我的爱人就要来到我身旁。

一切都是战争的错吗？1914年8月，枪声响起的时候，男人和女人们的面孔在彼此眼中就此失色，浪漫从此死亡了吗？的确，在一片枪炮的火光中，我们的统治者的面庞显得如此令人震惊（尤其是对幻想自己能接受教育的女性来说）。他们看起来如此丑陋——无论是德国人、英国人还是法国人——如此愚蠢。可是，不管你怎么怪罪任何地点或者任何人，引得丁尼生和罗塞蒂热情歌颂恋人到来的那种幻想，再也不会像以前那样经常出现了。我们只能去阅读，去观察，去倾听，去回忆。可我们为什么要去"怪罪"呢？如果它终究是一种幻象，我们为什么不赞美灾难呢？因为不管是什么灾难，它让幻想破灭，让真理显现。说到真理……这个省略号的意思是，我光顾着寻找真理，错过了转去芬汉姆的那个弯。我问自己，什么是真理，什么是幻想？比如旁边这些房子的红窗户，在暮色中散发着暗淡的灯光，洋溢着喜气洋洋的气氛，但是到了早上9点，屋里撒着糖果，窗前晾着鞋带，房屋原本的脏分分的红色显露出来，哪一种才是真实的？还有那些垂柳、小河和岸边的花园，现在在薄雾中朦朦胧胧，但在阳光的照射下，却能呈现出金色和红色，到底哪一种是真实，哪一种是幻象？这里我省略自己的具体思考过程，因为在去海丁利的路上，我并没有得出什么结论。我请大家假设，我很快就发现自己少转一个弯，然后折回去，回到了去芬汉姆的路上。

我前面说过，这是10月里的一天，为了不辜负大家的信任，为了不玷污小说的好名声，我不会突然变换季节，开始描述花园墙壁上垂下的紫丁香，或是番红花、郁金香等春天的花儿。小说必须尊重事实，事实越可信，小说就越好——据说是这样。因此，这天确实是秋日里的一天，叶子还是黄的，还在下落，只不过比刚才落得快了点，因为夜幕已经降临（准确来说，时间是7点23分），一阵微风（准确来说，是一阵西南风）吹起。但是，这一切当中有一种不和谐：

我的心是鸟儿在歌唱

筑巢在那挂着露珠的新枝上；

我的心是一棵苹果树

累累的硕果在枝头荡漾；

或许，是克里斯蒂娜·罗塞蒂在一定程度上激起了我荒唐的幻想——当然，这一切只是一场幻想——紫丁香花在花园的墙头摇摆，钩粉蝶四处飞舞，花粉在空中飘散。一阵风吹起，不知从哪个方向来的，掀起还没长大的嫩树叶子，让空中闪过一片银灰色的光。现在是光与暗的交界时分，所有颜色都变得更加浓重，紫色和金色在窗玻璃上燃烧，像一颗激动的心脏在跳动；出于某种原因，世界的美显露出来，却很快又要消逝（这时，我推开门走进了花园，因为门竟然开着，周围也没有什么校官），这种美像刀锋的两面，一面是欢笑，另一面是愤怒，把心撕裂开来。春日的黄昏里，芬汉姆的花园就在我眼前，大开着门，园里长满高高的草，水仙花和风铃草点缀其中，肆意摇摆，也许到了花期它们也还是这样凌乱，现在更是随风摆动，仿佛要把自己连根拔起。建筑物的窗户高低错落，仿佛一扇扇船窗，淹没在红砖的巨浪中，随着春日的云朵飞快飘过，窗户的颜色也从柠檬黄转成银色。有人躺在吊床上，还有人穿过草坪走过来，那个身影在暗淡的光线里就像一个幻影，一半靠看，另一半靠猜——没有人拦住她？接着，一个弯着腰的身影突然出现在露台上，好像是出来呼吸一下新鲜空气，看一眼花园，她额头很大，身上穿着一件破旧的连衣裙，强大而谦逊——难道她是那位有名的学者，那位J——H——本人？一切都如此暗淡，又如此强烈，就好像薄雾给花园披上了一条围巾，星光或利剑又把它划得粉碎——从春天的心脏里，突然跳出某种可怕的现实来。因为年轻——

　　我的汤上来了。我正在一间大餐厅里吃晚餐。现在根本不是什么春天，而是一个10月里的夜晚。大家都在大餐厅里就位，晚餐准备妥当，汤已经上来了。这是一道普通的肉汤，激不起我的任何幻想。如果盘底有图案，我隔着这么稀的汤汁就能看到，可盘底没有图案，连盘子都这么普通。下一道菜是牛肉配蔬菜、土豆——一种家常菜的典型搭配，让人想起脏兮兮的菜市场上的牛臀肉，叶边卷曲泛黄的菜心，还有星期一早上拎着网兜的女人讨价还价的声音。看到菜的分量很足，想到煤矿工人吃得肯定更少，我们没理由抱怨这些平常食物。接下来上桌的是梅干和奶油冻。或许有人抱怨，梅干虽然有奶油冻搭配，但依然是一种穷酸的蔬菜（算不上是水果），它们纤维很多，像吝啬鬼的心脏，流出来的汁液也像吝啬鬼的血管里的那种液体一样，他们一辈子舍不得喝酒、舍不得穿暖，更不愿给穷人一丁点儿施舍，这样抱怨的人一定能想到，对某些人来说，梅干已经是一种大慈大悲的施舍。接着上来的是饼干和奶酪，之后，席间传起了水壶，因为饼干难免让人吃得口干，更何况这些饼干干得如此彻底。所有餐点都上完了。晚餐到此结束。大家都把椅子向后一推，吱呀一声站起身来，旋转门剧烈地开开关关，很快大厅里就不剩一点食物的痕迹，它显然已经为第二天的早餐做好了准备。英格兰的年轻人唱着歌，吵吵闹闹地穿过过道，走上楼梯。作为一个客人，一个陌生人（我在芬汉姆和在三一学院、索默维尔学院、格顿学院、纽汉姆学院或克赖斯特彻奇学院一样，没有什么权利），难道我能说"晚饭不好吃"，或者说（现在我和玛丽·塞顿坐在她家客厅里）"我们难道不该单独来这儿吃"？因为一个家庭的经济状况是秘密，在陌生人面前通常伪装得非常乐观和勇敢，如果我说了这种话，就相当于在窥视和打探。换了别人，也不该这样说。我们的谈话一时间变得很无聊。心灵、身体和大脑共同组成人类的躯壳，它们浑然一体，不能独立存在，这种状态就算再过一百万年也不会改变，因此，对于一场优质的交谈来说，一顿好饭的作用非常重要。少了一顿好饭，人就不能好好思考，好好去爱，好好睡觉。牛肉和梅干并不能点亮我们的灵魂之光。我们大概进入了极乐世界，凡·戴克大概就在下一个街角等待——一天的工作结束后，靠牛肉和梅干催生的只有这种模棱两可的勉强心境。好在我这位科学教师朋友家里有个橱柜，里面放着一个大酒瓶，几只小酒杯——（但还应该有鳎目鱼或山鹑之类的下酒菜）——于是我们才能坐在炉火旁，部分修复我们经过一天生计后受伤的心灵。没过多久，我们就自在地聊了起来。之前独自一人时，我们脑中冒出过许许多多好奇的话题，现在见面了，难免要把它们都拿出来聊上一番——有人结婚了，有人没结；有人这样想，有人那样想；有人意外飞黄腾达，还有人居然落魄了——话匣子一打开，我们自然而然体察起了人性和这个神奇的世界。谈论的时候，我羞愧地意识到，我总是不由自主地想象一个场景，因此放任所有话题自生自灭了。我们可以聊西班牙或葡萄牙，一本书或者一场赛马，但我真正感兴趣的不是这些，而是大约五个世纪以前泥瓦匠们在高屋顶房子上忙碌的场景。国王和贵族带来了大把大把的钱，浇灌进房屋的地基里。这个场景在我脑中生动地再现，又被另一个场景取代：瘦弱的牛、脏兮兮的市场、蔫了的蔬菜、吝啬的老男人。这两幅图景不相同也不相关，看上去很荒唐，但它们总是交织在一起，互相争斗，占满了我的大脑。为了防止我们的对话被曲解，最好的办法就是说出我心中所想，运气好的话，它就能像埋在温莎的老国王的头颅一样，棺材盖一打开，就萎缩、消散。于是我简短地告诉玛丽·塞顿，泥瓦匠在小教堂的屋顶上忙活了那么多年，那些国王、女王和贵族扛来了那么多袋金币银币，一铲子一铲子埋进土里；到了我们这个时代，大资本家们的支票和债券取代了过去的锭块和粗金块。那些学校地下埋了那么多钱，可我们这所学校、这些华丽的红砖和花园里疯长的野草下面埋了什么呢？我们吃饭用的这些简陋餐具，这些（我不知不觉脱口而出）牛肉、奶黄和梅干背后，又有怎样一股力量？

事情是这样，玛丽·塞顿说，1860年前后——哦，来龙去脉你都知道，她这样说道，我猜这段故事她都讲烦了。但她还是说——"这所学校先是租好了房子，然后成立了委员会，写了地址寄出了信，拟好了公告。开过了会，宣读了回信，他们收到许多这样那样的承诺，但某某先生一分钱都不肯掏。《星期六评论》更是过分。我们怎么筹支办公费用？要搞义卖吗？能拉个漂亮姑娘帮我们撑撑场面吗？看看约翰·斯图亚特·米尔有什么意见。谁能说服某某报的编辑刊登一封信？能不能请某某女士签个名？某某女士出城去了。六十年以前，事情大概就是这样，大家花费了大量精力和时间，经历了漫长的斗争，克服了最大的困难，终于才凑到了三万英镑。因此，我们当然没钱喝酒吃山鹑，也请不起侍者顶着餐盘给大家上菜，"她说，"我们买不起沙发，租不起分房间的房子。""各种便利设施，"她从某本书里引用道，"以后再说吧。"

一想到那么多妇女年复一年地工作，却连两千英镑都很难攒下，一想到学校的创办人费这么大的劲才筹到三万英镑，让人忍不住嘲讽一番，我们这个性别的人活该如此贫穷，太不应该了。我们的母亲不去给我们挣钱，都在忙活些什么？忙着往脸上擦粉？看商店橱窗？在蒙特卡洛的阳光下花枝招展？壁炉上有几张照片。玛丽的妈妈——如果是的话——她闲暇时肯定是个败家子（她跟一个教堂牧师生了十三个孩子），但如果她的生活如此放荡奢侈，她脸上却没留下多少欢愉的痕迹。她长相平平，就是一个普通的老妇人，系着一条大格子围巾，别了一枚大胸针。她坐在一把藤椅上，正在哄一只西班牙猎犬看镜头，脸上的神情愉悦又紧张，仿佛她知道闪光灯一闪，狗就会扑上去。如果她去做生意，经营一家人造丝厂，或者当个证券大亨，如果她能给芬汉姆学院留下二三十万英镑，我们今天晚上就能舒舒服服地坐着，谈论考古学、植物学、人类学、物理、原子的性质、数学、天文、相对论和地理。如果塞顿太太、她妈妈和她妈妈的妈妈像她们的父辈和祖父辈一样，掌握了伟大的致富之道，并留下遗产，用来为女性设立研究员和讲师职位，发放奖金和奖学金，我们今天晚上就能单独地坐在这里，惬意地吃鸟喝酒，我们可以靠着某人慷慨捐赠的职业，度过愉快又体面的一生，这一切不再是奢求。我们有机会去探索，去写作；我们可以去圣地游荡；可以坐在帕特农神庙的台阶上沉思；可以上午10点钟才到办公室，下午4点半就舒舒服服地回家写点小诗。如果塞顿太太这类人十五岁就开始做生意，这样一来——问题出现了——玛丽就不会被生下来。我问玛丽对此做何感想。窗外是10月的夜晚，宁静而美好，黄了叶子的树梢上刚好点缀着一两颗星星。玛丽经常想起

（他们家虽然人很多，但活得很幸福）她小时候在苏格兰玩的那些游戏、经历的那些争吵，总是不厌其烦地称赞那里清新的空气和好吃的蛋糕。但如果说只要她放弃这一切，就会有人大笔一挥，给芬汉姆提供五万英镑左右的资助，她愿意吗？要想有钱资助学校，就注定顾不上家庭。一边抚养十三个孩子一边挣大钱——这根本没人能做到。想想看，现实就是这样。首先，生孩子要怀胎九个月。孩子生下来后，哺乳期又要耽误三或四个月。孩子大点之后，当然还要付出五年时间陪孩子玩。你总不能让孩子满大街乱跑。有人去俄罗斯，见过孩子疯跑的景象，那可不怎么令人愉快。据说，孩子的人格就是在一到五岁之间形成的。如果塞顿太太忙着赚钱，你上哪儿去留下这些关于游戏和争吵的记忆？你又怎么会了解苏格兰清新的空气、蛋糕和其他东西？更何况这些假设根本不成立，因为你根本不会存在。如果塞顿太太、她妈妈和她妈妈的妈妈都积累了巨大的财富，给大学和图书馆的成立打牢了基础，那又会怎么样？这个问题也不成立：第一，她们根本没法挣钱；第二，就算她们能挣到钱，法律也没有赋予她们持有自己财产的权利。在过去的四十八年里，塞顿太太才终于拥有了属于自己的一点小钱。在此前几个世纪里，女人的财产属于自己的丈夫——一定是受到这种观念的影响，塞顿太太和她妈妈才与证券交易所无缘。她们会想，我挣到的每一分钱都会被拿走，交给我聪明的丈夫来处置——设立奖学金也好，资助贝利尔学院或国王学院的研究员职位也好。既然如此，就算我能挣到钱，我也没什么动力去挣。挣钱的事情还是交给男人去做吧。

不管那位看着西班牙猎犬的老妇人有没有错，但出于某种原因，我们的母亲一辈在自己的事情上犯了一个严重的错误，这一点毫无疑问。结果，她们没留下一分钱，没法建设"便利设施"，没钱喝酒、吃山鹑、雇用校官、打理赛马场、看书、抽烟、去图书馆、休闲娱乐。从平地之上盖起一堵墙来，已经是她们所能做到的极限。

我们站在窗边，一边交谈一边欣赏夜景，像千千万万人每天晚上做的那样，遥望下方这座名城的穹顶和塔楼。在这个秋天的月夜里，它显得格外美、格外神秘。历史悠久的石块洁白而庄重。我们想到那里的藏书，那些挂在独立房间墙上的老教士和名人肖像画，那些彩窗在步道上投下的奇妙的球形和月牙形影子，那些石碑、纪念碑和上面的铭文，那里的喷泉和草坪，那些望得见安静庭院的安静房间。我还想到（原谅我这样想）令人沉醉的烟和酒，可以深深陷进去的扶手椅，舒服的地毯；那种奢侈、私密和宽敞的环境带来的优雅、舒适和尊严。相比之下，我们的母辈给我们留下的东西完全不值一提——她们忙着给圣安德鲁斯的牧师生十三个孩子，连三万英镑都很难拿得出来。

我回到下榻的旅馆，走过黑漆漆的街道，思前想后。人们结束了一天的工作，都会陷入沉思。我想，为什么塞顿太太没钱留给我们，贫穷对一个人的心智会产生什么影响，财富又会产生什么影响，我想到今早看到的那个披着裘皮的古怪老绅士，我想起他们听到有人吹口哨会拔腿就跑，我想起小教堂的管风琴轰鸣和图书馆紧闭的大门，我想到被拒之门外有多么不愉快，又转念一想，要是被关在里面则更不愉快，我想到一个性别享受着安稳与繁荣，另一个性别却遭受着贫困和动荡，我想到一种传统和一种传统的缺失会怎样影响一个作家。

最后我想到，经过了这一天的磕磕绊绊，是时候把所有争论、印象、愤怒和欢笑一起，揉成一团扔进树篱里。成千上万颗星星在深蓝的夜空中闪烁。面对深不可测的世界，我一个人显得如此孤独。所有人都睡去了——有的俯卧，有的平躺，都陷入了沉默。牛桥的街道上似乎没有人醒着。旅馆的门突然开向两边，仿佛一只看不见的手把它推开——没有仆人帮我点灯，送我回屋睡觉，夜太深了。

Chapter 02

请大家注意，现在我把场景换一换。时间还是落叶的季节，但地点从牛桥换成伦敦。请大家想象一间房间，和其他数不清的房间一样，有一扇窗子，隔着行人的帽子、大篷车和汽车遥望对面的窗子，房间里有张桌子，桌上放着一张白纸，上面除了 "女性与小说" 几个大字以外，什么也没有。很不巧，我们刚在牛桥吃完午餐和晚餐，就要去拜访大英博物馆了。我必须排除个人经验和巧合，才能从主观印象中提炼真理的精华。牛桥之行和那里的午餐和晚餐，让我产生了一连串疑问。为什么男人喝酒，女人只能喝水？为什么一个性别群体如此富裕，另一个性别群体却如此贫穷？贫穷对小说有什么影响？从事艺术创作有哪些必要条件？——无数个问题浮现在我脑中。可我需要的不是问题，而是答案；我只能请教有学识但无偏见的人，他们远离口舌之争，解开了肉体的困惑，把自己的研究和思考结果写成书，保存在大英博物馆里。我拿上一支铅笔和一个笔记本，问自己，如果大英博物馆的书架上都找不到这些问题的答案，还能去哪儿找呢？

我做好了准备，怀着信心和求知欲，出发前去寻找真理。这天虽然没有下雨，但也阴沉沉的，博物馆附近的街道上到处都是敞开的煤仓口，一袋袋煤炭被倾倒进去；许多四轮马车停在路边，把一个个绳子捆着的箱子卸下人行道，里面或许装满了某个瑞典或者意大利家庭的全部家当，他们在这个冬季来到布鲁姆斯伯里，住进公寓，寻找财富、避难所或者其他想要的东西。街上，小贩推着手推车走来走去，用沙哑的嗓音叫卖着植物。有的人吆喝，有的人在唱。伦敦像一个大工厂，像一个机器，我们都在梭机上前后摇晃，为白色底布织出图案来。大英博物馆是这个工厂的一个部分。推开旋转门，巨大的穹顶出现在我面前，仿佛一个光秃秃的大脑袋，我只是其中一个思想，被一大堆响当当的名字包围了。我走向借阅台，取了纸卡，打开目录"……"这五个点每个都代表了五分钟的震惊、好奇和困惑。你知不知道，一年的时间里，有多少关于女性的书出版？其中有多少是男性写的？你有没有意识到，你可能是地球上被讨论最多的动物？我带着一本笔记本和一支铅笔来到这里，准备读读书，本以为一个上午肯定够我找出一点真理记在本子上。我开始拼命联想那些寿命很长、眼睛很多的动物，我得变成一群大象、一群蜘蛛，才能处理眼前的信息。只有铁爪和铜喙才能突破真理的外壳。在这么一大片乱七八糟的纸片里，我怎样才能找出夹杂其中的小小真理呢？我一边自问，一边绝望地从上到下浏览那一串长长的书名。光是书名就让我大开眼界。性别及其本质可能会吸引医生和生物学家；但令人吃惊的是，性别话题——准确来说是女性这个话题这么招人喜欢，有讨人喜欢的散文作家、灵巧的小说家、获得文学硕士学位的年轻男人、没有学历的男人，以及除了性别不是女性没有其他特点的人。这些书有的浅薄、轻浮，但也有很多很严肃，很有预见性，充满说教和劝告。单是读读这些书名，我就能想象无数老师和牧师登上讲台或者讲道坛，他们滔滔不绝，光是这一个话题，就能讲得远远超过规定的时间。这个现象太奇怪了，显然——我查了查首字母M的书——只有男性作者的作品。女性不会写书研究男性——对此，我迫不及待地松了口气，要不然我就得先读完男性研究女性的书，再读完女性研究男性的书，还没等我开始动笔，一百年开一次花的龙舌兰恐怕都要开完两次了。于是，我随便选了十几本书，把我的纸卡放在金属网托盘上，和其他追求真理精华的人一样，坐在自己的座位上，开始了等待。

我想知道，到底是什么原因造成了这种奇怪的差异，我一边想着一边在纸卡上画起了圈，尽管英国纳税人交钱提供的这些纸，不是用来给我画画的。从这个图书目录来看，为什么男人对女人的兴趣比女人对男人的兴趣大那么多？我百思不得其解，走起神来，开始想象那些写一辈子书来研究女性的男人，他们过着怎样的生活。他们有的年轻，有的年长；有的已婚，有的未婚；有的长着红鼻子，有的驼背。不管怎样，我模模糊糊地感觉到自己如此受关注，感到受宠若惊，就连残疾人和病弱者都没受到过这样的待遇——我沉浸在这些无聊的念头中，直到一大堆书被推到我桌前，我才停止了幻想。现在问题来了。一位在牛桥大学受过训练的学生，肯定懂得使用某种方法，带着自己的问题，排除干扰，直奔答案，就像把一头羊赶进羊圈一样。比如我旁边这位学生，正孜孜不倦地摘抄一本科学指南，我非常肯定，每过十多分钟，他都能从原石中炼出金子来。他满意的嘟哝声充分说明了这一点。但如果某人运气没那么好，没受过大学训练，羊群就赶不进羊圈，而是受了惊吓，被猎狗追着窜来窜去，狼狈不堪。教授、老师、社会学家、牧师、小说家、随笔作家、记者、除了不是女性没有其他资质的男人，这一大群人追赶着我小小的疑问——有些女性为什么贫穷？——这一个问题变成了五十个问题，直到它们一股脑儿冲进河里，被水流卷走了。我的笔记本上写满了笔记。为了展示我当时的心理状态，我不妨给大家读一些听听。这页笔记的标题很简单，就是 "女性与贫困"几个大字，但接下来的内容却是：

中世纪时的情况

斐济岛上的习俗

被当作女神来崇拜

道德意识更薄弱

理想主义

责任心更强

南太平洋诸岛，性成熟期

吸引力

被献祭

脑容量较小

潜意识更强

体毛较少

脑力水平、道德意识和身体素质的劣性

爱孩子

寿命更长

肌肉更无力

情感更强烈

虚荣心

高等教育

莎士比亚的观点

伯肯黑德勋爵的观点

英奇主教的观点

拉布吕耶尔的观点

约翰逊博士的观点

奥斯卡·布朗宁先生的观点……

　　我长吸了一口气，在笔记的边角继续写道：为什么塞缪尔·巴特勒说，"聪明的男人从来不议论女人？"显然，聪明的男人一个劲儿地在谈论女人。我仰在椅背上，望着巨大的穹顶，我只是穹顶之下的一个思想，但是多少有点混乱。我接着想，很遗憾，聪明的男人眼中的女人都不一样。蒲伯说：

　　大部分女人都没有个性。

　　拉布吕耶尔说：

　　女人很极端，要么比男人好，要么比男人坏——

两个观察同样敏锐的现代人得出了截然不同的结论。女性能不能接受教育？拿破仑觉得不能。约翰逊博士觉得能。女性有没有灵魂？有些野蛮人说没有。另一些人说，女性是一种半人半神的性别，因此崇拜她们。圣人说女性的头脑比较肤浅；另一些人说，她们的感知更深入。歌德崇敬她们，墨索里尼鄙夷她们。男人总是想着女人，想法却都不一样，这个问题根本没法弄清楚。我看看隔壁桌那位读者，羡慕起来，他的摘抄如此工整，每一条都标着A或者B或者C，再看看我的笔记本，潦草而混乱，充满了互相矛盾的记录。我感到痛苦、迷茫，非常屈辱。真理已经从我的手指缝里溜走，一点也没留下。

我想，我总不能就这样回家去，用以下发现充当女性与小说研究的重大成果：女性身上的体毛少于男性或者南太平洋诸岛上的女性性成熟期为九岁——还是九十岁来着？——我连自己的笔迹都认不出来了。我忙活了一早上，却没有得出任何更有分量、更体面的结论，真是丢脸。如果我连过去的女性（为了简便，我将女性简称为W）问题都弄不明白，又何必在意W的未来呢？那些绅士人数众多、博学多识，他们研究女性和女性在各个方面的影响——无论是政治、孩子、薪水，还是道德水平方面——然而向他们请教似乎完全是浪费时间。我还不如不打开他们的书。

我越想越觉得失落和绝望，居然下意识地在纸上画起了画，而不是像我旁边那人一样写下结论。我在画一张脸，一个人影。这人是冯·X教授，他正在专心致志地写下自己的不朽之作，题为《论女性在脑力水平、道德意识和身体素质上的劣根性》。我笔下的他是一个不招女人喜欢的男人。他身材臃肿，脸很宽，眼睛却很小，脸色通红。他脸上的表情说明，他心中燃烧着某种激烈的情绪，以至于用手中的笔猛戳稿纸，就像要戳死某种害虫一样，害虫死了他也不满足，必须继续杀戮，而真正引起他愤怒和烦躁的东西，并没有消除。我看着自己的画想，原因在于他的妻子吗？她爱上了一位骑兵军官吗？那军官身材苗条、举止优雅，穿着羊羔皮外套吗？按照弗洛伊德的理论，他小时候被哪个漂亮女孩嘲笑过？我想，恐怕小时候的教授也不是个招人喜欢的孩子。不管出于什么原因，我笔下的教授沉浸在他的伟大著作中，论述女性在脑力水平、道德意识和身体素质上的劣根性，一副非常愤怒和丑陋的模样。花一个上午却一无所获，我开始用画画来偷懒了。但就在无所事事和白日梦幻中，真理往往会浮出水面。我低头看着笔记本，运用心理学的一种基本方法——说心理分析都是抬举它——得出结论，愤怒的教授反映了我心中的怒气。我胡思乱想的时候，怒火冲上了我的笔尖。它是从哪儿来的？好奇、困惑、愉快、厌烦，今天早上我接连出现的几种情绪都有迹可循。愤怒这条黑蛇也潜伏在其中吗？没错，素描就是证据。显然，唤醒了我心中这个恶魔的，就是某本书里的某句话，就是教授说女性在脑力水平、道德意识和身体素质上比男性劣等的那句。我的心脏狂跳，双颊火辣辣的。我气得满脸通红。教授的话很愚蠢，但也没什么特别之处。谁也不喜欢被人下结论说，自己天生低某个小男人一等——比如邻座的学生，他脖子上系着一条打好结的领带，喘着粗气，大概两个星期没刮胡子了。谁心中又没有愚蠢的虚荣心呢？这是人的天性。我开始在教授愤怒的脸上画圈，直到把他的脸涂成一丛着火的灌木，一颗燃烧的彗星——总之，就是把他涂得失去了人形和意义。现在的教授什么也不是，只不过是汉普斯特荒原上燃烧的一团火把。我找到了愤怒的源头，很快消气了，但我的疑问还在。教授们的愤怒又该如何解释？他们为什么愤怒？因为这些书给人留下的印象总是蕴含着某种热度。这种热度通过不同的样貌呈现，可以是讽刺，可以是伤感、好奇、谴责。但通常还有另一种难以察觉的情绪存在，我称之为愤怒。这种愤怒潜藏在表面之下，和其他各种情感交织在一起。从它产生的种种奇怪效果来看，它不单纯也不坦率，而是复杂而隐蔽的。

无论如何，我看看桌上这一堆书，觉得它们对我毫无帮助。它们没有任何科学价值，尽管退一步来说，它们包含很多有教育意义、有趣或无趣的内容，以及斐济岛居民的奇怪民俗实录。这些书是情感的宣泄，而不是对真理的追求。因此，我应该把它们归还博物馆柜台，让它们回归这个巨大蜂窝的原位。我花了一上午只弄明白一件事，那就是愤怒。那些教授——我管他们统统叫教授——很愤怒。我把书还掉之后，问自己，为什么？我走进柱廊，置身于鸽子和史前独木舟之间，一遍遍地问自己，为什么？他们为什么愤怒？我一边思考，一边溜达着寻找吃午饭的地方。我暂且称之为愤怒的这种情感，到底有着怎样的本质？我在大英博物馆附近找了家小餐馆，坐下来等菜时，一直在试图解开这个谜。上一位食客在椅子上落下一份午间版晚报，我看菜还没来，无所事事，便读起晚报的标题。一串大字横跨了整个页面：某人在南非大获成功。还有稍小一点的文字宣布：奥斯丁·张伯伦爵士正在日内瓦；地下室惊现一把沾着人类头发的砍肉斧头；某某法官在离婚法庭上就女性的不知羞耻发表了评论。报纸上还散布着其他新闻：女演员被人从加利福尼亚的某座山上吊下来，悬在半空中；近几日会下雾。我想，哪怕有个外星人从这里短暂路过，拿起这张报纸，也一定能从这些零零碎碎的证据看出，英国是一个父权社会。任何正常人都能看出教授的统治地位。他就是权力、财富和影响力的化身。他既是报纸的所有人，也是它的主编和副主编。他是外交部部长，是大法官。他是板球运动员，他拥有赛马和游艇。他是公司主管，能让股东赚到200%的分红。他捐赠百万善款给学校，他管理学校。他把女演员吊在半空中。他判断斧头上的毛发是否属于人类，他决定犯人有罪或无罪，是上绞刑架还是重获自由。除了天气，他似乎能控制一切。然而他依然愤怒。我不是空口无凭。阅读他写的关于女性的书，我想的不是他的话，而是他这个人。如果一个论述者语言冷静，那他脑中只有自己的论题，他的读者也会不自觉地去思考那个论题。如果他心平气和地描写女性，摆出无可争议的证据，而不是想要得出一种结果，否定另一种，我就不会感到愤怒。我会接受事实，就像接受豌豆是绿色、金丝雀是黄色一样。我会说，那就这样吧。我愤怒，因为他也愤怒。我一边翻看晚报一边想，一个拥有这么多权力的男人居然还愤怒，似乎有些荒唐。或者说，愤怒总是和权力如影随形？比如，富人经常满心愤恨，因为他们怀疑穷人想掠夺自己的财富。对于教授，或者大家长们（后一个称呼可能更准确些）来说，他们愤怒的原因有一部分和富人相同，还有一部分深层原因不那么明显。也许，他们根本不"愤怒"，他们在私人关系中表现出仰慕和热忱，堪称典范。也许，当那位教授有点过度强调女性的劣等时，心里想的不是女性的劣等，而是自身的优越。

这种感觉对他来说是无价之宝，因此他维护自己的优越感时过于激动和强硬。我看着人行道上拥挤的行人，心想，男性和女性的生活都充满艰难困苦，是一场无休止的战斗。活着需要巨大的勇气和力量。更何况，人类也许是活在幻想中的生物，幻想则需要自信来支撑。没了自信，我们都是襁褓中的婴孩。我们如何用最快的速度，制造出这种无法衡量的无价之宝？答案就是贬低他人，想象自己在某个方面生来优越，比如财富、地位、挺拔的鼻子或拥有一幅罗姆尼画的祖父肖像，人类可悲的想象力无边无际。因此，对于一位要征服、要统治的大家长来说，想象世界上一半的人天生比自己劣等是一件有重要意义的事。这种想法一定是他力量的主要来源之一。这个观点可以套用到现实生活中去。它能解释我们日常生活中一些心理困惑吗？它是否能解释我那天的震惊：Z先生是我认识的最高尚、最谦虚的男性，有一天他拿起一本丽贝卡·韦斯特的书，读了一段，大呼："可恶的女性主义者！她居然说男人势利眼！"他的呼喊让我非常吃惊，韦斯特小姐只是就另外一个性别发表了一番有可能正确但逆耳的见解，这一行为到底有什么可恶之处？他愤怒不仅仅是因为虚荣心受到伤害，还因为他要抵抗伤害他自尊的那股力量。几百年来，女性一直被当作一面神奇的魔镜，只要照一照，就能成倍放大男性的力量。如果没有这股力量，地球恐怕仍是一片沼泽和丛林，人类不会经历战争的荣耀，而是会继续在羊骨残片上画鹿，用打火石交换羊皮或者其他风格淳朴的简单衣物。超人和命运的主宰将不会出现，帝王也不曾取得和失去他们的王冠。不管这面魔镜在文明社会有什么用途，它都是一切暴力和英雄行为的重要道具。因此，拿破仑和墨索里尼要强调女性的劣等，如果女性不劣等，他们就无法膨胀。这就部分解释了男性为什么如此需要女性。这也解释了为什么男性一旦受女性批评，就会如此焦躁；如果女性对男性说，这本书不好、那幅画无力或其他类似的话，难免会激起他们巨大的痛苦或愤怒，而如果男性对女性提出同样的批评，结果则远远不会这么严重。因为女性一开始说真话，男性在镜中的形象就会萎缩，他的内心就会动摇。在一早一晚用餐时间，如果他心中自己的形象没有膨胀到两倍大，他要怎么继续做判断、教化土著、制定法律、写书、穿衣打扮、在宴席间高谈阔论？我一边想，一边捏碎面包，搅了搅咖啡，注视着街上的人们。镜子里的自我形象无比重要，因为它满足人们的虚荣心，刺激人们的神经。没了它，人就没了生命力，像一个瘾君子没了可卡因。我望着窗外，心想，人行道上一半的行人带着这种幻想大步赶着去工作。早晨，他们在美好的幻觉中穿上外套，戴上帽子。他们开始了充满信心、精神振奋的一天，他们相信史密斯小姐的茶会正在恭候自己大驾光临；他们走进一间房间时，认为自己比这里的一半人都要优越；他们讲话时充满这种自信和自我肯定，对公共生活产生了深远的影响，也在某个人的大脑缝隙里留下了奇怪的感受。

另一个性别的心理是个危险且迷人的话题，我希望等大家每年拥有了五百英镑时，也去研究一下这个话题，但这时我的思绪被打断了，我该付账了。一共是五先令九便士。我递给服务员一张十先令钞票，他跑去找零。我发现钱包里还有另一张十先令钞票，激动得无法呼吸，我的钱包竟然还有自动生钱的本事。我打开钱包，钱就在那里。社会为我提供了鸡肉、咖啡、床和住所，只因为我和姑姑同姓，就能每个月收到她留下的一定数量的纸钞。

我得告诉大家，我的姑姑叫玛丽·贝顿，有一天她骑着马在孟买兜风，掉下来摔死了。那时候赋予女性投票权的法案刚刚通过，差不多是在同一时期的某天晚上，我被告知我得到一笔遗产。邮箱里收到一封律师来信，我打开一看，发现姑姑留给我每年五百英镑财产，永久有效。在投票权和金钱这两者之间，金钱属于我，因此它显得更加重要。在此之前，我靠给报社做临时工为生，一会儿报道这里有艳舞表演，一会儿报道那里有人结婚；我还帮人填信封地址，给老妇人念书听，制作假花，教幼儿园里的小朋友识字，挣上几个英镑。1918年以前，妇女能做的工作主要就是这些。我不必强调这些工作有多难，你们或许认识做过这些工作的人；我更不必强调靠这种工作挣钱生活有多难，你们自己或许也做过。但比起这些，更可怕的是那些日子在我心中留下的恐惧和酸楚，它们至今还在折磨我。比如，你做着自己并不想做的工作，像个奴隶，要处处说好话，看人脸色，虽然没人强迫你这么做，但如果你不做，就会付出巨大的代价，你根本冒不起这个险。然后我想到我那小小的才能，觉得它是自己的宝贝，要是就这么埋没了，我的身体和灵魂也会随之消逝，所有的一切都像生了一层锈，春天的繁花被吞没，树木从芯子开始腐烂。然后，我姑姑去世了。每次我破开一张十先令钞票，锈蚀就会褪去一层，我心中的恐惧和酸楚就会减轻一点。我一边把找零的银币放进钱包，一边回想过去的苦日子，发现一份稳定的收入竟然能给人的心境带来这么大的变化。世界上没有任何力量可以夺走我手中的五百英镑。我将永远拥有食物、房子和衣物。我不需要付出精力和苦力，心中的憎恨和痛苦也消失了。我不恨任何男人，反正他们无法伤害我；我不用取悦任何男人，反正他们无法给我什么。因此，我发现自己对人类另一半的态度发生了微妙的变化。完全否定某个阶级或性别都是一件很荒唐的事情。一个庞大的群体永远不必为自己的所作所为负责，驱动他们的是不可控制的本能。那些大家长和教授也要面对无穷无尽的难处和可怕的问题。在某种程度上，他们受到的教育和我受到的一样失败。他们因此产生巨大的缺陷。没错，他们确实有钱有权，但胸中永远住着一只秃鹰，不断撕扯他们的肝脏，啄食他们的肺——这就是他们本能的占有欲，是狂暴的抢夺欲，驱使他们时刻觊觎他人的领地和利益；建造要塞，插上旗帜；制造战舰和毒气；献上自己和子孙们的性命。穿过海军拱门（我已经走到纪念碑前），或任何一条摆满战利品和大炮的街道，想一想那里歌颂的荣耀。或者站在春日的阳光里，看着股票经纪人和大律师走进室内，忙着挣钱、挣钱和挣更多的钱，可每年五百英镑就足够一个人在阳光下活得好好的。我想，他们身上一定存在某种讨厌的本能。这是生活条件的产物，是文明程度不高的结果，我一边想一边看着剑桥公爵的雕像，尤其是他三角帽上的羽毛，恐怕它从未被这样凝视过。意识到这些问题之后，我的恐惧和酸楚就化为了怜悯和宽容，又过了一两年，怜悯和宽容也消失了，我获得了一种最大的解脱，那是客观看待事物的自由。比如那边的建筑我喜不喜欢？那幅画好不好看？这本书好还是坏？弥尔顿建议女人寻找一位高大威猛的绅士，用永恒的爱慕换来自己的归宿。而我不用这么做，因为我姑姑的遗产为我开辟了一片广阔的新天地。

我想着想着，不知不觉回到了我在河边的住所。街灯亮了，和早晨时分相比，夜晚的伦敦发生了天翻地覆的变化。仿佛那台巨大的机器忙碌了一天，在我们的帮助下，织出了几码激动人心的、美丽的东西——一块炽热的布，闪烁着红光；一只褐色的怪兽，边喷吐热气边咆哮。连风都像一面旗帜在摇摆，鞭笞着房屋，摇晃着围墙。

但我住的这条小街充满了生活气息。房屋刷漆工从梯子上爬下来，保姆小心翼翼推着婴儿车进进出出地去喝茶；运煤工人把空麻袋整整齐齐地叠起来；蔬果店的老板娘戴着红手套，正在计算清点一天的进账。但我满脑子都是你们交给我的那个问题，看到这些日常生活的景象，我总是忍不住联想到同一个核心问题。这些职业哪些更高贵，哪些更有必要？现在这个问题比一个世纪前还难说清楚。当运煤工人好，还是当保姆好？一个养大八个孩子的打杂女工和一个收入十万英镑的律师相比，谁的人生更有价值？这种问题毫无意义，因为没人能回答。女杂工和律师的相对价值每过大概十年就会发生变化，哪怕在当下，我们也没有一个准确的衡量标准。我居然还指望教授在议论女性的时候，拿出"无可争议的论据"来，算我愚蠢。就算有人能明确某种才能在当下的价值，价值的标准也会变化，一百年过后，可能一切都面目全非。我走上家门前的台阶，心想，再过一百年，女性将不再是一个被保护的性别。按理说，那些曾经将她们拒之门外的活动和劳动会向她们敞开大门。保姆会去运煤，商店老板娘会去开火车，所有以女性弱势地位为前提的既定事实都将不复存在——比如（这时一队军人走上街来），人们一般认为女性、牧师和园丁比其他人更长寿。如果抛开这种先见，让她们加入和男性一样的活动和劳动中去，让她们当兵、当水手、当火车司机和造船工人，看看女性的寿命是不是比男性短了不少，死得是不是比男性快了不少，到时候人们说起"今天我看见一个女人"，口气会像过去说"我看见一架飞机"一样。只要女性不再处于受保护的地位，什么事都可能发生。我打开了大门。但这些和我的论题"女性与小说"有什么关系？我一边自问，一边走进了屋。

Chapter 03

晚上回到家，没得出任何重要结论和真知灼见，我感到沮丧。因为这样那样的原因，女性比男性贫穷。也许，我最好放弃寻找真理，任由外界的观点一股脑儿涌进大脑，像熔岩一样炽热，像洗碗水一样混浊。最好拉上窗帘，排除干扰，打开灯，缩小问题的范畴，找个记录事实而不是观点的历史学家问问，不要咨询整体概况，而是问英国某个特定时期女性的生存状况，比如伊丽莎白女王时代。

在是个男人都能写歌或者十四行诗的时代，为什么没有女性在璀璨的文学宝库中留下哪怕一个字？这是一个永远的谜。我问自己，那时候的女性过着什么样的生活？因为写小说需要创造力，它不像有些科学发现那样从天而降；小说像一张蜘蛛网，看似在风中飘摇，但却连接着生活的各个角落。这种连接几乎无法察觉，比如莎士比亚的戏剧看起来就是独立存在的。可当你扯开这张网，它就会从中间裂开，挂在墙边上，这样你就能记起，蛛网不是悬在半空中的，织网的也不是什么看不见的生物，它们从人类的苦难之中诞生，和有形之物密切相关，比如健康、财富和我们居住的房子。

于是，我走到放着历史书的书架前，拿下一本最新出版的，是特里维廉教授的《英国史》。我在索引中查找"女性"一词，找到"地位"这一项，翻到相应的页面。"打老婆，"我读道，"是一种公认的男性权利，无论地位高低，没有人以这种行径为耻……同理，"这位历史学家继续写道，"女儿如果拒绝与父母安排的男士结婚，家人就有可能把她关在屋子里，随便殴打，当时的公共舆论也不会觉得有什么奇怪。婚姻不是双方爱慕的结果，而是一个家庭的敛财手段，在'仗义'的上层阶级尤其如此……婚姻双方或其中一方还是婴儿的时候，婚约就已经订下，孩子一脱离保姆的照顾，就要完成婚事。"这是1470年的情况，乔叟的那个时代刚过去不久。下一段关于女性地位的描述是两百多年后，斯图亚特王朝时代。"中上阶层的女性自主选择丈夫的情况依然少见，一旦丈夫被指定，他就是妻子的主人，法律和习俗都是这样认定的。即便如此，"特里维廉教授总结道，"无论是莎士比亚笔下的女性，还是17世纪真实回忆录（比如弗尼和哈钦森的）中的女性，似乎都不缺丰富的人格和性格。"的确，只要我们仔细想想，就会发现克莉奥佩特拉非常我行我素，可想而知麦克白夫人也有自己的意志，罗莎琳德也是个有魅力的姑娘。特里维廉教授说莎士比亚笔下的女性不缺丰富的人格和性格，事实确实如此。如果不是历史学家，还可以更加深入地探讨这个问题，说从人类历史的初期开始，所有诗歌作品中的女性都像灯塔一样闪耀——戏剧中有克吕泰涅斯特拉、安提戈涅、克莉奥佩特拉、麦克白夫人、菲德拉、克瑞西达、罗莎琳德、苔丝狄蒙娜、马尔菲公爵夫人，文学中有米勒芒特、克莱丽莎、贝基·夏普、安娜·卡列尼娜、爱玛·包法利、盖尔芒特夫人——一连串名字涌现出来，她们没有一个"缺乏人格和性格"。如果女性只存在于男性创作的小说中,大家会以为女性是非常重要的人物,非常多样化,可以英勇,可以刻薄;可以杰出,可以卑鄙;可以散发出无限的美,也可以极度丑恶;可以像男人一样伟大,还可以比男人更伟大。但这只是小说里的女性。实际情况就像特里维廉教授指出的那样,她被关在屋里随便殴打。

于是,一种诡异的混合体诞生了。在人们的想象中,她地位极高;而在实际生活中,她根本微不足道。她的身影遍布诗歌的字里行间,却在历史中缺席。小说里,她主宰君王和征服者的命运;真实生活中,她一旦被父母强行套上一枚戒指,就会沦为某个男孩的奴隶。文学作品中,她的双唇吐露一些最深刻、最发人深省的思考;现实生活中,她几乎不识字,也不会写字,只不过是她丈夫的一件财产。

读完历史,再读诗歌,人们就会看到一个奇异的怪兽——它是长着鹰翅的蠕虫;像一个鲜活美丽的灵魂,却在厨房里剁板油。无论想象如何有趣,这种怪物在现实中并不存在。要唤醒这个怪物,你必须同时带着诗意的和散文式的想象,还要联系现实——她是马丁太太,三十六岁，穿蓝衣服，戴黑帽子，穿棕色鞋；还要有一点虚构色彩——她身上有种种精神和力量，彼此追逐，闪闪发光。如果用这种方法想象伊丽莎白时代的女性就行不通了，因为相关事实极度缺乏。关于她的一切，我们无从知晓任何细节、任何确切和翔实的素材。历史更是几乎没有提及她。于是我又翻开特里维廉教授的著作，想看看他对历史的诠释。我浏览书中的章节标题，发现他笔下的历史意味着——"庄园法庭与公田农业的方法……西多会与牧羊业……十字军东征……大学……下议院……百年大战……玫瑰战争……文艺复兴时期的学者……修道院解体……农业与宗教冲突……英国海权的开端……西班牙无敌舰队……"，等等。偶尔有一两位女性被提及，某某伊丽莎白，或者某某玛丽；某某女王，或某位贵妇人。但对于中层阶级的女性来说，她们能支配的只有自己的大脑和性格，根本没可能参与任何重要的运动，而正是这些运动组成了历史学家眼中的历史。轶事也对她没有记载。奥布里很少提及她。她也从来不书写自己的生活，几乎不写日记。她只留下屈指可数的几封信。她没有留下戏剧和诗歌作品给我们评判。

我想，人们需要大量信息——为什么纽汉姆和格顿的优秀学生们不能提供一些？——比如她几岁结婚，通常会生几个孩子，家里是什么样，有没有自己的房间，做不做饭，有没有仆人。这些事实散落在各个地方，可能在教区记事簿里，可能在账本里；伊丽莎白时代普通妇女的生活一定散见于什么地方，人们可以把它们集结起来出本书。我想，书架上怎么找得出不存在的书，我又怎么敢要求名校的学生去改写历史呢。尽管现在的历史有些不实和偏颇，看起来有点儿奇怪，既然如此，他们为什么不能给历史增补一个章节呢？当然，章节的标题要低调些，免得女性的出现过于唐突。那些伟人的生平中往往能瞥见女性的身影，她们融入了背景之中，我时不时会想，她们遮掩的是一个眼神、一声笑，又或者是一滴泪珠。毕竟，简·奥斯汀的传记已经够多；再探讨乔安娜·贝利的戏剧对埃德加·爱伦·坡诗歌的影响，似乎没有必要；对我个人来说，玛丽·拉塞尔·米特福德的故居和常去之处就算对公众关闭至少一百年，我也不在意。但我又搜寻了一遍书架，发现可悲的是，人们对18世纪以前的女性一无所知。我脑中没有可供想象参考的原型。我想问问，伊丽莎白时代的女性为什么不写诗，可我都不了解她们的教育水平，有没有学过写作，有没有自己的起居室，有多少女性二十一岁前就生了孩子，她们从早上8点到晚上8点大概都干些什么。她们显然没钱；按照特里维廉教授的说法，她们还没成年就要结婚了，不管自不自愿，那时她们很可能才十五六岁。这种情况下，要是她们哪天突然写出莎士比亚那样的戏剧，那才是太阳从西边出来了。我得出这个结论后，想起一位老绅士，他已经去世了，我记得他曾是一位主教。他宣称，无论是在过去、现在还是将来，女性都不可能有莎士比亚那样的才华。他还在报纸上发表了这类言论。他还告诉一位找他咨询的女性，说其实猫不会上天堂，尽管——他补充道——猫也有某种灵魂。为了拯救众生，这位老先生可没少花心思啊！他们可真是让大家长了不少见识！猫不能上天堂。女性写不出莎士比亚戏剧。

尽管如此，我看着书架上的莎士比亚作品，忍不住想，主教的话至少有一点没错，那就是在莎士比亚的时代，没有任何一个女性能写出莎士比亚那样的戏剧。

假设莎士比亚有一位同样天赋异禀的妹妹，名叫朱迪斯，那会发生什么。因为实际情况难以考证，我们只能想象。莎士比亚的母亲很有可能继承了一笔财产，于是她送莎士比亚去了语法学校，他在那里学习拉丁语，阅读奥维德、维吉尔和贺拉斯，掌握了语法和逻辑。众所周知，莎士比亚小时候是个野孩子，偷猎过兔子，也许还射杀过鹿，还迫于无奈，早早地就和附近一户人家的女孩结了婚，那个女孩远远不到生育年纪，却早早地给他生了孩子。一番折腾过后，他不得不去伦敦寻找新出路。他似乎对戏剧很有感觉，于是开始在剧院门口给别人牵马。很快，他就进入剧院，成为一名成功的演员，从此生活在宇宙中心，结识各种各样的人，他登台演出，上街卖艺，甚至被召见去了女王的宫殿。与此同时，我们假设的那位天赋异禀的妹妹却留在家里。她和哥哥一样有冒险精神、想象力丰富，渴望认识外面的世界。但她没能去上学。她没机会学习语法和逻辑，更别提阅读贺拉斯和维吉尔了。她偶尔有空时会拿起一本书，可能是她哥哥的，读上几页。然后她的父母会突然出现，让她去补袜子或者看锅子，不要沉迷什么读书看报。他们说得很严厉，却是一片好心，他们都是老实人，明白对于一个女人来说什么是现实，他们爱女儿——当然，她极有可能是父亲的掌上明珠。也许她曾偷偷溜进放苹果的阁楼，匆匆写下几页文字，小心藏起，或是一把火烧掉。很快，她还不到十几岁，就被安排和附近一位羊毛商人的儿子订了婚。她讨厌这桩婚事，又哭又闹，结果遭到父亲一顿毒打。打完以后，父亲不再责骂她，反倒求她不要伤害他，不要因为这段婚姻丢了他的脸。他含泪说，他可以给她买条珍珠项链或者漂亮裙子。她怎么能反抗？怎么能伤父亲的心？但她有才华，因此她做出了决定。一个夏日的夜晚，她带上自己那点家当，沿着一根绳子爬出去，出发去了伦敦。那时她还不到十七岁。树篱上唱歌的鸟儿都不如她的嗓音那样婉转，她和哥哥一样对音韵有着天生的敏感，和哥哥一样对戏剧情有独钟。她来到剧院门口，说她想演戏。男人们笑话她。剧院经理——一个口无遮拦的胖男人——狂笑不止，他大吼，说要是女人会演戏，贵宾犬都会跳舞了。最后他说，女人不能当演员。他暗示——你可想而知——她根本没法练习演技。她半夜能去小酒馆吃饭，能在大街上游荡吗？但她有写小说的天赋，她渴望观察男男女女的生活，研究他们的言行，从中获取丰富的素材。最后——因为她年轻，长相又酷似诗人莎士比亚，灰色的眼睛，弯弯的眉毛——演员经理尼克·格林对她起了怜悯之心；后来，她发现自己怀上了这位绅士的孩子。当一颗诗人的心锁进一个女人的身体里，纠缠不清，谁能想到它那么焦灼和激烈？一个冬夜，她自杀了，葬在某个十字路口，就是现在大象城堡旅馆外面公交车停靠的地方。

我想，如果一个莎士比亚时代的女人拥有莎士比亚那样的才华，她的结局一定会和这个故事差不多。我同意那位已故主教的话，如果他真的当过主教，他说很难想象莎士比亚时代的女性能有莎士比亚那样的才华。莎士比亚这样的天才，不会从没受过教育的、被奴役的劳动人民中诞生，不会从撒克逊人和布立吞人中诞生，不会从现在的工人阶级中诞生。根据特里维廉教授的说法，那些女性还没成年，就被父母逼着干活，还要受到各种法律和习俗的约束，她们之中怎么可能诞生天才？但是，无论是在女性群体还是工人阶级中，肯定存在某种天才。艾米莉·勃朗特和罗伯特·彭斯这样的人物在历史上时不时出现，这就是证据，只不过没有被记载下来。每当我读到一位女巫被人淹死，一个女人被魔鬼附身，或是一个卖草药的巫婆，甚至一个名声显赫的男人的母亲，我都会觉得她们背后有一位埋没的小说家，一位被压抑的诗人，一位沉默得见不得人的简·奥斯汀，一位在荒野上撞得自己头破血流、在大街上挤眉弄眼、快被自己的天赋折磨到疯狂的艾米莉·勃朗特。我再大胆猜测一下，那么多不留姓名的诗作，大都出自女人之手。我想，爱德华·菲茨杰拉德说过，一个女人创作了民谣和民歌，对着她的孩子低声轻唱，消磨纺纱的无聊和漫长的冬夜。

也许这是真的，也许是假的——谁说得准呢？——但我觉得，根据我编造的莎士比亚和他妹妹的故事，至少可以确定，如果一个16世纪出生的女性天赋异禀，她一定会发疯，要么一枪打死自己，要么隐居在村外一处偏远的小屋里，过着半女巫半贤者的生活，遭到人们的畏惧和嘲弄。我们稍微运用心理学就能分析出，如果一个天分很高的女孩想要写诗，定会遭到他人的反对和阻挠，她的本能与世俗相背，她必将因此受折磨、分裂，最终搞垮了身体，丧失了心智。一个女孩要去伦敦，走到剧院门口，强行闯进去见演员经理，必须经过一番激烈的挣扎，忍受一种毫无道理但不得不承受的痛苦。出于某种不明原因，某些社会非常迷信女性的贞洁。贞洁对女性的生活有着非常重要的宗教意义，过去如此，现在还是如此。它被神经和本能紧紧地束缚，要是解放了它，放到光天化日之下，需要不同寻常的勇气。对于一个女诗人或女剧作家来说，要想在16世纪的伦敦过上自由的生活，要承受巨大的精神压力，面临两难的选择，甚至被逼上绝路。就算她侥幸活下来，她的想象力也会变得紧张、病态，写出来的东西一定会扭曲、变形。我看着书架，上面没有女性作家的戏剧作品，我想，就算她写了，她的作品也一定没法署名。她一定会用这种方法保护自己。正是受了贞洁思想的影响，女人们才不留姓名，到了19世纪也还是这样。柯勒·贝尔、乔治·艾略特、乔治·桑都是这种内心冲突的受害者，从她们的写作中就能看出来，她们都徒劳地用男人的名字掩饰自己。她们遵循传统，认为妇女抛头露面是一种可耻的行为。这种传统就算不是男性树立的，至少也是他们大力推崇的（伯利克里说，一个女人最大的光荣，就是不被人们提及，尽管他自己就是个经常被提及的人）。隐姓埋名的习惯渗透她们的血液，遮掩自己的欲望支配着她们。到了今天，女人也不像男人那样关心自己的名声。大部分女人经过一处墓碑或路牌，并不会产生难以抑制的冲动，想把自己的大名刻上去。她们不是阿尔夫、伯特或者查斯，他们看到漂亮女人走过，或者甚至看到一条狗走过，都会按捺不住自己的本能，喃喃道：这狗是我的。当然，他们不只对狗这样，我想起议会广场、胜利大道和其他大道，他们还对一块地或者卷曲黑发的男人这样。而身为一名女性的好处在于，她们见到一位黑人女性，不用想着把她改造成英国人。

在16世纪，怀着诗才出生的女人是不幸的，她的内心将充满煎熬。她需要释放脑中的一切，然而她的生活条件和本能都与这种心境为敌。我问自己，什么样的心境最适合创作？我们能不能弄清楚，是什么样的心境产生和促进了这种神奇的创作？想到这里，我打开了莎士比亚的悲剧集。打比方说，莎士比亚在创作《李尔王》

和《安东尼与克莉奥佩特拉》时，是一种什么样的心境呢？那一定是有史以来最有利于诗歌创作的一种心境。但莎士比亚本人什么也没说。我们只是偶然得知，他写的时候一气呵成，"从未改过一行字"。也许在18世纪前，没有艺术家会说出自己创作时的心境。卢梭可能是个先例。到了19世纪，人们的自我意识已经得到充分强化，写作者已经习惯在忏悔录或自传里描述自己的心境。他们的生活被记录下来，他们的信件也在死后被印刷成书。虽然我们不知道莎士比亚写《李尔王》时在想什么，但我们知道卡莱尔在写《法国革命》时在想什么，福楼拜写《包法利夫人》时在想什么，济慈用诗歌对抗死亡和世间的冷漠时在想什么。

翻看现代文学中大量的忏悔录和自我分析，我们发现：天才之作的诞生是一项无比艰巨的任务。世间万物仿佛都要来阻挠作品完整、顺利地从作家脑中诞生。大部分时候，物质条件都会阻碍写作，外面有狗叫，家里有人扰，钱还得挣，身体还不好。比这些更难克服、更令人难以忍受的是，这个世界如此冷漠。这个世界并没有请你来写诗、写小说和历史；它不需要这些。它不关心福楼拜用词对不对，卡莱尔有没有严谨考证过这个或那个事实。不被世界需要的东西，当然不会得到回报。于是，济慈、福楼拜、卡莱尔这样的作家非常痛苦，尤其是在他们创作力旺盛的青年时代，更是会遭遇各种烦心事和打击。他们在这些自我分析和忏悔录中发出一声声咒骂和痛苦的呐喊。"伟大的诗人悲惨地死去"——这是他们沉重的吟唱。在这种情况下，如果作家依然排除万难，创作出什么东西的话，那无疑是个奇迹，恐怕世上的书没有一本能像最初被构想的那样，完整而健全地诞生。

我看着空荡荡的书架想，对女性来说，这些困难会被放大无数倍。首先，哪怕到了19世纪，女性依然没有一间自己的房间，更别说一间安静、隔音的房间了，除非她的父母非常富有或地位很高。如果她父亲心情好，她才能拿到零花钱，但只够她买衣服穿。济慈、丁尼生和卡莱尔都是穷男人，但他们有办法放松一下，能出去走走，去法国旅行几天，住得起一间独立的小屋，虽然破旧，但得以逃离家人的责难和专横。但女性与这一切无缘。这种物质上的难处已经很难克服，但更可怕的是无形之物。济慈、福楼拜和那些男性天才无法忍受的冷漠，到了女性身上，全都变成了敌意。世界对男人们说，你们爱写就写，我无所谓，但却对女性发出一串大笑：写作？你写作有什么好处？我又看了看书架上的空当，心想，现在纽汉姆和格顿的心理学家们可以派上用场了。挫折对一个艺术家的内心会产生怎样的影响，这当然是可以衡量的。我见过一家乳制品公司用老鼠做实验，测量普通牛奶和优质牛奶对老鼠体质的影响。两组老鼠被并排关进两个笼子里，一笼瘦弱、胆小、畏畏缩缩，另一笼健壮、大胆、皮毛光滑。那女性艺术家吃的是什么？说到这儿我想起来了，她们吃的是梅干和奶油冻。要回答这个问题，我只需打开晚报，读读伯肯黑德勋爵的观点就可以了，在此我不再摘录他对女性写作的高见。英奇主教的话我也不提了。哈利街专家们的喧嚣就留给他们自己热闹去吧，但我心中却不曾掀起一丝一毫的波澜。但是，我要引用一下奥斯卡·布朗宁的话，这位先生曾是剑桥大学的重要人物，纽汉姆和格顿的考试都曾由他来出题。奥斯卡·布朗宁先生常常宣称，"在他的印象里，随便对比一组试卷都能发现，最好的女生也比最差的男生智力低下"。说完这句，布朗宁先生走回房间——正是之后这件事让他受到大家的喜爱，成了一个颇有分量和权威的人物——他回到房间，发现一位小马童躺在沙发上，"骨瘦如柴，脸颊凹陷，面如土色，牙齿黑乎乎的，四肢似乎有些不健全……'是亚瑟'，（布朗宁先生说道）他是个聪明的可爱孩子。"在我看来，这两幅画面是互补的。好在这个时代的传记资料丰富，这样我们就能完整理解一个大人物的态度，不仅看他怎么说，还能看他怎么做。

虽然现在我们可以这么做，但放到仅仅五十年以前，重要人物说出来的话肯定有着巨大的影响力。我们来想象一下，一位父亲出于最高尚的动机，不希望自己的女儿离开家，去做什么作家、画家或者学者。"你看布朗宁先生都这么讲。"他会这样说；更何况不止奥斯卡·布朗宁先生这样讲，还有《星期六评论》，还有格雷格先生——"女人存在的最重要的意义，"格雷格先生强调说，"就是被男人照顾，和照顾男人。"——这样的大男子主义观点不胜枚举，他们都不指望女性能有什么突出的智力。就算父亲们不搬出这些观点，女儿们自己也看得到；哪怕到了19世纪，读到这些东西也会大大打击她的热情，深深地影响她的工作。所有人都坚持认为，你做不了这个，干不了那个，她们得去抗议，去克服。或许对于小说家来说，这种攻击已经没什么效果，因为世界上已经有女性小说家成功了。但对画家来说还是有些刺痛；而对音乐家来说，我想它极其有力、毒性极强。女性作曲家的地位就像莎士比亚时代站在剧院门口的女演员。说到我虚构的莎士比亚的妹妹，我想起尼克·格林说过一句话，他说女人演戏会让他联想起小狗跳舞。两百年以后，约翰逊博士用同一句话形容了女性传教士。我又打开一本关于音乐的书，发现1928年的人们说起女性作曲家，用的还是同一句话。"关于热尔梅娜·塔耶芙尔小姐，我们只需照搬约翰逊博士的名言，把女性传教士换成女作曲家就可以了。'先生，女人作曲就像狗用两条后腿走路。虽然姿势不太好看，但你会惊讶地发现，它居然走起来了。'"历史总是惊人的相似。

因此，抛开奥斯卡·布朗宁先生的生平不谈，也不管其他人如何，至少我可以得出一个结论：在19世纪，人们不鼓励女性成为艺术家。相反，她会遭到斥责、侮辱、说教和劝诫。为了反抗和反驳这一切，她不免神经紧张，渐渐失去了动力。说到这里，话题又回到了大男子主义情结上，它很有趣、很难理解，会对女性的行为造成巨大的影响；它是一种根深蒂固的欲望，比起女性的劣等，更强调男性的优越。它无处不在，无论是艺术之路还是从政之路都统统拦住，尽管苦苦哀求的人那么谦卑和热忱，尽管她们并不会给男性带来多大威胁。我想起对政治充满热情的贝斯伯勒女士，她在给格兰维尔·列维森-高尔勋爵写信时，也不得不卑躬屈膝："尽管我对政治满腔热情，也没少讨论政治，但我完全同意您说的，女性不应干涉政治或其他严肃的事务，顶多发表一下自己的看法（如果有人问起的话）。"接着她才开始挥洒自己的热情，就格兰维尔·列维森-高尔勋爵在众议院首次演说这个极其重要的话题，她倒是没什么阻碍地发表了看法。这个现象非常奇怪。男性反对女性解放的历史，似乎比女性解放的过程本身更有趣味。如果哪个格顿或者纽汉姆的年轻学生能搜集一些事例，推导出一个理论，肯定能写成一本有趣的书——不过她得戴上厚厚的手套，需要坚硬的栅栏才能保护自己。

抛开贝斯伯勒女士不谈，我想，这些话现在说起来可笑，但在过去都是非常认真严肃的话题。我敢肯定，现在这些言论被集结成书，被贴上"荒诞"的标签，只供少数读者在夏日的夜晚消磨时间，但过去它们曾让人热泪盈眶。你们的祖母辈和曾祖母辈，很多人听得失声痛哭。弗洛伦斯·南丁格尔曾经发出痛苦的尖叫。而且，你们上了大学，有了自己的起居室或卧室兼起居室，你们有资格说，天才应该对这种说法嗤之以鼻，天才才不在乎别人说了什么。可惜，无论男人还是女人，越是有才华，就会越在意别人怎样评判自己。想想济慈，想想他墓碑上的话。想想丁尼生，想想更多的人，我无须再举更多例子，就能证明一个不幸但不可否认的事实：艺术家天生对他人的评价极度敏感。文学圈子里铺天盖地都是过度在意他人评价的人。

现在回到我最初的问题上来，什么样的心境最适合创作？我发现，他们的敏感加剧了他们的不幸，因为一个艺术家如果要让自己心中的作品得到完整的释放，必须有强大的力量，这种力量必须来自一颗炽热的心，我看了看桌上摊开的《安东尼与克莉奥佩特拉》，觉得那颗心必须像莎士比亚的那样，没有阻碍，没有杂质。

我们对莎士比亚创作时的心境一无所知，这种说法本身就是对莎士比亚心境的一种描述。比起多恩、本·琼森或弥尔顿，我们对莎士比亚所知甚少，就是因为他没有展现任何抱怨、恼怒和憎恶。没有任何和作家相关的"揭秘"会影响我们的阅读。想要抗议、说教、控诉、报复也好，想让世界见证某种苦难和冤屈也好，这类欲望在莎士比亚这里都已经熄灭和消失了。因此，他的诗是自由的，仿佛行云流水。如果说这世上有谁实现了自己作品的完整表达，那这个人就是莎士比亚。我又看了看书架，想到，如果说世界上有哪颗心曾经如此炽热、如此自由，那一定是莎士比亚的心。

Chapter 04

在16世纪，一个女性显然不可能有那样的心境。想想伊丽莎白时代的墓地，孩子们双手合十，跪在墓碑前；想想那些早早死掉的孩子；看看她们的家，她们黑暗逼仄的房间，你就能明白，那个时代的女性没有条件写诗。我们只能期待日后出现某位贵妇人，生活得相对自由和舒适，便冒着被人当作怪胎的风险，用自己的真名发表了一些东西。当然，不是男人们势利眼，我得小心点，免得被当成丽贝卡·韦斯特小姐那样的"可恶的女性主义者"；但他们一见到伯爵夫人写诗，就大都会转变成赞赏的态度。比起某个不知名的奥斯汀或勃朗特小姐，一位有头衔的女性当然能得到更多鼓励。尽管如此，她心中依然会产生恐惧和憎恨等不相干的情感，她的诗作中也会留下这些被干扰的痕迹。就拿温切尔西伯爵夫人的诗来举个例子吧。她生于1661年，出身高贵，嫁入名门，她没生孩子，还写诗，你只要翻开她的作品，就会发现她对女性地位的愤慨喷涌而出：

> 我们堕落了！因为错误的规矩，
> 因为教育，我们并非天生愚昧；
> 我们的大脑停下了脚步，
> 渐渐迟钝，任凭别人摆弄；
> 假如有人冲破重围，
> 喷发着热情的想象和雄心，
> 反对势力依然强大，
> 恐惧永远压倒生存的希望。

显然，她还没有达到"没有阻碍，没有杂质"的境界。相反，憎恨和怨念困扰着她，分散了她的精力。在她眼中，人类分成两种势力。男性是"反对势力"，他们可恨又可怕，因为他们能阻挡她去做自己想做的事——写作。

> 啊！一个女人拿起笔，
>
> 被当成一个狂妄之徒，
>
> 任何美德也无法挽回这个错误。
>
> 他们让我们认清自己的性别和地位；
>
> 良好的出身、时尚、舞蹈、装扮和玩乐，
>
> 这才是我们的追求；
>
> 写字、读书、思考或探究，
>
> 遮蔽了美貌，虚度了光阴，
>
> 搅扰了他人征服我们的青春。
>
> 管理房屋和仆人，这些无聊事务
>
> 就是我们最大的艺术和用途。

显然，她觉得这些东西永远不会出版，才有勇气写下来。她只能用这句悲伤的吟唱安慰自己：

> 向少数几位朋友，唱出自己的悲伤，
>
> 月桂树永远与你无缘；

满足吧，待在阴森森的树影里。

不过，她显然可以放下仇恨和恐惧，放飞自己的心灵，不用忧愁和怨恨堆砌自己的诗句。她心中有一团热火，她笔下时不时流淌纯粹的诗意：

褪了色的丝线，
怎能织出独一无二的玫瑰来。

这些句子得到了墨里先生的赞许，而且据说蒲伯记住并引用了下面的诗句：

黄水仙让人迷昏了头，
我们沉进痛苦的芬芳。

一个女人明明可以任由思绪自然流淌，明明可以写出这样的文字，却被逼成了愤怒和怨恨的化身，真是一万个可惜。可她有什么办法呢？想想那些嘲讽和嗤笑，那些谄媚的奉承，还有专业诗人的质疑。为了写作，她一定曾经把自己关进乡间小屋，任由怨恨和踌躇撕裂她的心，哪怕她有一位最最善解人意的丈夫，有一段完美的婚姻。我说"一定"，是因为如果你要调查温切尔西伯爵夫人的生平，就会一如既往地发现，人们对她几乎一无所知。她饱受忧郁的折磨，我们可以从她的诗句中窥见一斑。每当忧郁缠身，她就会这样想：

> 人们诋毁我的诗句，误解我的行为
> 是愚蠢的徒劳，是狂妄的错误。

就我们所知，遭到以上非难的行为，都是些无害之事，比如在田野中漫步和幻想：

> 我的手乐于探索一切不寻常，
> 偏离众所周知的常规轨道，
> 褪了色的丝线，
> 怎能织出独一无二的玫瑰来。

当然，如果这就是她的习惯和爱好，难怪她会被嘲笑，据说蒲伯或者盖伊曾经讽刺她为"乱写乱画的怪才"。据说她还曾经嘲笑盖伊，说他的《琐事》表明"比起坐在轿子上，他更适合下来抬"，因此还得罪了他。不过墨里先生说，这些都是"不可靠的流言"，而且"令人乏味"。这话我不同意，因为哪怕是不可靠的流言，我也想多听一些，好拼凑出这位忧郁的夫人的形象：她爱在田野间散步，思考不寻常的事物，轻率地鄙夷"管理房屋和仆人的无聊事务"。但墨里先生说，她荒废了。她的才华长满杂草，缠满荆棘，再也没法恢复原来的光彩夺目。我把她的作品放回书架上，转向另一位贵妇人，就是兰姆喜爱的那位纽斯卡尔公爵夫人，浮躁、爱幻想的玛格丽特，她是温切尔西伯爵夫人的同代人，比她年长。她们两人截然不同，但都出身高贵，没有孩子，都嫁了最好的丈夫。她们都有一腔创作诗歌的热情，她们的热情因为同样的原因被扭曲和破坏。翻开这位公爵夫人的诗作，你能看到那股熟悉的愤怒之情喷涌而出。"女人像蝙蝠或猫头鹰一样活着，像牲畜一样劳作，像蠕虫一样死去……"玛格丽特本来也能成为诗人，要是在今天，她的努力定能形成某种结果。但就算这样，她们的才华如此狂野、宏大、桀骜不驯，又有什么能束缚、驯服和教化它们，让它们为人类所用呢？它们倾泻而出，横冲直撞，形成一股股韵律、散文、诗歌与哲学的奔流，凝结成一册册四开本或对开本书籍，没有人来阅读。她手中本该有一台显微镜，她本该学习如何观察天体，如何科学理性地思考。她的才智因孤独和放任而变质。没有人拦她，没有人教她。教授们奉承她，宫廷里的人又嘲弄她。埃杰顿·布瑞格爵士抱怨她的粗野——"居然是来自于出身高贵、从小在宫廷中长大的人的笔下"。她把自己独自一人关在维尔贝克。

玛格丽特·卡文迪什让人联想到的，是一幅多么孤独和放纵的光景啊！仿佛巨大的黄瓜藤蔓肆意蔓延，把满园的玫瑰和康乃馨都缠死了。"头脑开化的女人是教养最好的女人"，一个写出这种话的女性，却浪费时间去写一些废话，越来越沉迷晦涩和荒唐的事物，甚至到了她一出门马车就会被人围观的程度，真是太可惜了。显然，疯狂的公爵夫人被当成用来吓唬其他聪明的女孩的妖怪。我放下公爵夫人的书，翻开多萝西·奥斯本的书信集，想起多萝西曾经写信给坦普尔评价公爵夫人的新书。"这个可怜的女人肯定有点精神错乱了，否则她干不出这种荒唐事，居然有胆量写书，还是一本诗集，哪怕我两个星期不睡觉，我也干不出这种事来。"

既然理智稳重的女性都不写书，那敏感忧郁、脾性和公爵夫人截然相反的多萝西当然什么也没写。书信不算。一个女人坐在父亲的病床前时，可以写信；在男人们谈天时，可以在炉火边默默写信，免得打扰他们。我翻看多萝西的书信，发现一件奇怪的事情：这个没受过正规教育的孤独姑娘，居然有天分写出这样的遣词造句和场景描绘。请看她是这样写的：

　　吃过午饭，我们坐下来聊天，聊到B先生时我走了。下午我们读书、工作。到了六七点钟，我来到我家附近的一块公地，很多少妇在这里放羊放牛，她们坐在树荫下，唱着民歌。我走过去，把她们的歌喉和美貌，同我读到的那些古代女牧羊人对比，发现两者差距很大，但却是同样的纯真无邪。我和她们攀谈，发现她们无欲无求，是世界上最快乐的人，只不过她们自己不知道。我们聊天时，她时不时东张西望，见着自己的母牛跑进地里，就仿佛脚边生了翅膀一样，一溜烟跑开了。我跑得没那么快，落在后面，看她们赶牛回家，觉得自己也该走了。晚饭过后，我走进花园，来到花园边一条小河旁，坐下来，多希望你此时此刻在我身边……

从这段文字可以看出，她有当作家的潜质。但她却说，"哪怕我两个星期不睡觉，我也干不出这种事来。"——一位颇具写作才华的女性，也认为女性写书很荒唐，甚至有点精神错乱，可想而知投身写作的女性要面临多大的阻挠。我把多萝西·奥斯本这唯一一小本书信集放回书架上，接下来拿起了贝恩太太的书。

贝恩太太是一个非常重要的转折点。过去那些孤独的贵妇人只为娱乐而写作，没有任何读者和批评者，让我们把她们和她们的对开本统统留在花园里。让我们走上街，和街上的普通人并肩前行。贝恩太太是一位中产阶级女性，幽默、活跃、勇敢，身上不乏平民的美德；

她死了丈夫，经历了某些失败的冒险，被迫学会用自己的聪明才智谋生。她必须像男人一样工作。她通过努力工作，挣到了足够自己生存的钱。这一事实比她写下的任何东西都要重要，甚至胜过《一千次献祭》和《爱在一场神奇的胜利》这两首好诗，因为女性从此拥有思想的自由，随着时间的推移，她们还将拥有想写什么就写什么的自由。阿芙拉·贝恩做到了，姑娘们就可以告诉自己的父母，你们不用给我钱，我自己可以靠笔挣钱。可想而知，在接下来很多年里，做父母的回答都不会变：好呀，像阿芙拉·贝恩一样生活！还不如去死！砰的一声，门比以往摔得更响了。男人对女人的贞洁如此重视，甚至对她们的教育产生了影响，这个话题非常有趣，如果哪位格顿或纽汉姆的学生愿意研究这个话题，肯定能写出一本有意思的书来。书的卷首插画，可以用这个场景：达德利夫人坐在苏格兰的沼泽地里，身上戴满钻石，身边被蚊虫包围。达德利夫人去世那天，《泰晤士报》撰文说，达德利勋爵"是一位有教养、有成就的人物，他仁慈、慷慨，但却专横又反复无常。他坚持要求自己的妻子盛装打扮，哪怕是在偏远的高地狩猎小屋里，他也给妻子身上戴满华丽的珠宝"，等等，"他给了她一切，但就是不让她负责任何事情"。后来，达德利勋爵中风了，此后，他的妻子不仅照顾他，还打理他的产业，展现出十分卓越的才能。这种怪诞的独裁在19世纪仍然存在。

说回阿芙拉·贝恩，她向世人证明，写作可以挣钱，但可能需要牺牲某种讨人喜欢的品德。渐渐地，写作不再意味着荒唐的行为或者错乱的头脑，而是有了重要的实用意义。一个人可能遭遇丈夫的亡故，家中可能遭遇某种灾祸。临近18世纪时，数以百计的女性开始想方设法挣钱给自己零花或补贴家用，她们做翻译，写糟糕的小说，这些小说在教科书中都没能留下记录，但经常出现在查令十字街的廉价书摊上。18世纪末，女性在脑力活动领域非常活跃，她们讨论、聚会、写文章评论莎士比亚、翻译经典著作，一切行为都以一个证据确凿的事实为基础——女性可以靠写作赚钱。没有钱，写作不过是一种轻率的行为，有了钱，一切都尊贵了起来。你可以继续嘲笑她们是"乱写乱画的怪才"，但你没法否认她们的腰包鼓了起来。因此，18世纪末出现了一种变化，如果我能书写历史，我会更加详尽地描述这种变化，并认为它比十字军东征或玫瑰战争更重要。中产阶级女性开始写作了。如果《傲慢与偏见》《米德尔马契》《维莱特》和《呼啸山庄》很重要，女性开始写作这件事情也很重要，这种重要性用一个小时的演讲根本说不清楚，因为写作不再仅仅关乎隐居郊区住宅、守着一堆对开本和奉承者的孤独贵夫人，而是走进了一般女性。没有这些先驱，就没有简·奥斯汀、勃朗特姐妹和乔治·艾略特；就像没有马洛就没有莎士比亚，没有乔叟就没有马洛，没有那些无名诗人，就不会有乔叟，先驱者驯服了粗野的语言，为后人的创作铺平了道路。大师之作从来都不是独自诞生、独立存在的；它们是漫长岁月里共同思考的产物，是群众的思想，它有一个声音，背后诉说着万千大众的群体经验。简·奥斯汀应该给范妮·伯尼的坟墓献上花环，乔治·艾略特应该向伊莉莎·卡特的巨大影响致敬——这位顽强的老妇在自己床头系了个铃铛，好督促自己每天早起学习希腊语。所有女性都应该向阿芙拉·贝恩的坟墓献上花束，她被葬在威斯敏斯特教堂，匪夷所思但是也恰如其分，因为她为全体女性赢得了表达自己的权利。她虽然名声不好，四处留情，但正是因为她，我今晚才能不那么唐突地对你们说：用你们的聪明才智，去挣每年五百英镑吧。

这时我看到了19世纪早期的作品，这里我头一次发现，书架上专门有几层用来放女性的作品。我的眼睛上下游移，忍不住问，为什么除了少数几本特例，它们几乎全是小说？最原始的创作冲动应该是写诗。"歌之最高神"是位女诗人。无论是在英国还是法国，女诗人的出现都要早于女性小说家。看着四位女作家的大名，我想，乔治·艾略特和艾米莉·勃朗特有什么共同之处？夏洛蒂·勃朗特不是完全不能理解简·奥斯汀吗？她们倒是都没有孩子，这大概算是一个共同点，但这四位完全不同的人物恐怕没法待在同一个房间里——以至于让人忍不住想邀她们碰个面聊一聊。在某种不明力量的驱使下，她们刚开始写的都是小说。我想，这是不是和她们的中产阶级出身有关；以及，像之后艾米丽·戴维斯小姐揭露的那样，因为19世纪初的中产阶级家庭只有一间起居室？女性要写作，只能来到普通的起居室。

就像南丁格尔小姐激烈抗议的那样——"女性连半个小时都挤不出来……她们没有自己的时间"——她总是受到干扰。毕竟，写散文或小说比写诗或剧作要简单。前者相对来说不用那么集中精力。简·奥斯汀一辈子都是在这种状态下写作。"她居然可以做到，"她的侄子在回忆录中写道："太惊人了，因为她没有专属的书房，大部分作品的写作地点都是在大客厅，那里有很多生活琐事的干扰。她写得很小心，防止这项事业被仆人、客人或者并非家庭成员的其他人发现。"简·奥斯汀藏起手稿，或者用一张吸墨纸盖住。在19世纪初，女性能做到的唯一一种文学训练，就是去观察别人的性格，分析别人的情感。几百年来，她们的情感都在一间普通的客厅里受到熏陶。她的心感知着人们所感，她的眼睛观察着人与人之间的关系。因此，当中产阶级女性拿起笔，写下的自然是小说，尽管我们列出的四位著名女性中有两位显然并不是天生的小说家。艾米莉·勃朗特本该写诗剧；乔治·艾略特的思维宽泛，应该拓展一下创作冲动，撰写历史或传记。但她们却写了小说；我从书架上拿下《傲慢与偏见》，觉得还可以说，她们写的都是好小说。我们可以说《傲慢与偏见》是一本好书，这不是吹嘘，也不是在挖苦另一个性别。如果你写的是《傲慢与偏见》，被人发现也没什么可羞耻的。然而，简·奥斯汀还是很庆幸她家的门吱呀作响，这样一有人来，她就能赶紧藏起自己的手稿。对于简·奥斯汀来说，写《傲慢与偏见》是种见不得人的事情。我很好奇，如果简·奥斯汀不用在客人面前掩饰，那《傲慢与偏见》会不会写得更好？我读了一两页，想弄清这个问题；但我发现，书里没有任何受到创作条件影响的痕迹。这大概是一个奇迹。在1800年前后，有一个投身写作的女人，她的文字里没有恨、没有苦，没有恐惧、抗议，也没有说教。我看了看《安东尼与克莉奥佩特拉》，心想，莎士比亚就是这样写作的；莎士比亚和简·奥斯汀的共同之处，在于他们的内心一片宁静；正因如此，我们不了解莎士比亚，也不了解简·奥斯汀，正因如此，简·奥斯汀的文字里无处不见她的影子，莎士比亚也是。如果说简·奥斯汀的境遇有什么害处，那就只有她的眼界过于狭小。一个女人不能独自到处乱逛。她从未出门旅行，从未乘公共汽车穿过伦敦，从未自己吃午饭或逛商店。也许，不去奢求自己得不到的东西，这就是简·奥斯汀的天性。她的才华完美契合自己的生活状态。但同样的结论放在夏洛蒂·勃朗特身上就不见得合适了，我说着把《傲慢与偏见》放在一旁，打开了《简·爱》。

我翻到第十二章，目光停留在一句话上，"谁爱责备我就责备我吧"。我想知道，为什么有人要责备夏洛蒂·勃朗特？我读到费尔法克斯太太做果冻的时候，简·爱常常爬上屋顶，眺望田野那头的远方。她渴望——人们责备的就是这种渴望——"我渴望有突破极限的视野，让我看到繁华的世界，看到我听说过却从未见过的城镇和地区。我希望自己有比现在更多的人生经验，跟更多同类人来往，结识更多不同性格的人。我珍惜善良的费尔法克斯太太，善良的阿黛勒；但我相信，世界上一定还有更多、更善良的人和事，我希望亲眼看看我所相信的东西。"

"谁责怪我呢？肯定有很多人说我不知足。我也没办法，我生来就不安分，有时候这让我很苦恼……"

"光说人们应该满足于安宁的生活，没有一点儿用处；人总得行动；即使找不到方向，也得自己创造。

千百万人注定在沉默中消亡，千百万人在默默反抗自己的命运。谁也不知道芸芸众生中还有多少反抗正在酝酿。女人总被认为是清心寡欲的，可是女人也有和男人一样的感觉；她们像她们的兄弟一样，需要展露她们的才华，需要有一个奋斗的目标；她们和男人一样，如果受到过于严厉的束缚、过于绝对的控制，也会感到痛苦；男性明明比她们享有更多特权，却未免太苛刻，说她们应该安于做布丁、织袜子、弹钢琴、绣荷包。如果因为她们打破陈规，去做更多事、学更多东西，就指责和嘲笑她们，未免太轻率了。"

"我这样一个人待着的时候，并不是不常听到格莱思·普尔的笑声……"

我觉得这一处转折很突兀。突然说到格莱思·普尔，太奇怪了。连续性被打断了。把这本书和《傲慢与偏见》摆在一起，我们甚至可以说，写下这些文字的女性比简·奥斯汀更有才华；如果你把这两本书再读一遍，标出生硬和愤慨的地方，你就会发现，夏洛蒂·勃朗特从未完全、完整地展现自己的才华。她的书变形扭曲了。她在本该平静的地方书写愤怒，在本该睿智的地方书写荒谬，在本该描绘角色的地方书写自己。她正在和自己的同胞战斗。这样下去，她怎能不狭隘、挫败、年纪轻轻就死去了呢？

想象一下，如果夏洛蒂·勃朗特每年能挣三百英镑，那会怎么样？这一点很耐人寻味。但她太傻，一千五百英镑就把自己作品的版权都卖出去了。如果她能多了解这个繁华的世界、生机勃勃的城镇和区县，获得更多人生经验，和更多同类人来往，结识不同性格的人，那又会怎么样？那几句话不仅仅暴露了她作为一个小说家的缺憾，还揭示了那个时代整个女性群体的缺憾。如果她能做到的不仅是隔着远方的田野眺望，如果她有条件经历更多事、交往更多人、去更多地方旅行，那么她的天分就能得到更大的发挥，这一点她自己比任何人都清楚。但她们没有这样的机会，而是被拒之门外。我们不得不承认，《维莱特》《爱玛》《呼啸山庄》《米德尔马契》这些优秀的小说，都是没什么生活经验的女性写出来的，她们能出入的只有体面的牧师家庭；她们的写作地点，就是那栋体面房子的公用起居室，这些女作家太穷了，她们买得起的不过是几叠稿纸，用来写作《呼啸山庄》或《简·爱》。不过，她们当中确实有一位历经苦难后逃离了这种生活，她就是乔治·艾略特，她做到的也只不过是去圣约翰森林里的一座别墅隐居。她生活在世人非难的阴影之中。"我希望大家明白，"她写道，"我只邀请想见我的人来"；难道不是因为她和一位有妇之夫有过一段罪恶的生活，只见她一面会伤害史密斯太太或者某个恰好叫史密斯太太的人的名誉吗？人们必须向社会传统屈服，并"与世隔绝"。与此同时，在欧洲大陆的另一端，一名年轻男子自由地生活着，一会儿和这名吉卜赛女子交往，一会儿又攀上那一位贵妇人；他投身战场，毫无障碍、无拘无束地体验人世间的各种经历，后来他开始写作，这些经历都成了他丰富的素材。如果托尔斯泰住在修道院，和一位已婚的妇人过着"与世隔绝"的隐居生活，那么我想，不管这件事有什么道德意义，他都很难写出《战争与和平》。

关于写小说和性别对小说家的影响，我们可以讨论得更深入一点。如果你闭上眼睛，把小说看作一个整体，就会发现这种造物就像一面镜子，照出我们的生活，虽说经过了无数简化和变形。无论如何，它是一个结构，会在人心中留下一个轮廓，时而是正方形，时而是宝塔形，时而延伸出侧厅和拱廊，时而坚固紧凑，时而像君士坦丁堡的圣索菲亚大教堂一样有个穹顶。我回想几部著名的小说，觉得这种形状能在人心中激起某种与之对应的情绪。它会立刻和其他情绪融合，因为那个"轮廓"表现的不是石头和石头之间，而是人和人之间的关系。因此，小说可以引出我们心中所有矛盾和对立的情绪。生活与不是生活的某种东西发生了冲突。因此，关于小说的一致意见很难达成，我们的个人偏见会对我们产生巨大的影响。一方面，我们觉得你——主角约翰——必须活下来，不然我会悲痛欲绝。另一方面，我们又觉得，啊，约翰，你必须死，因为这本书需要你死。生活与某种不是生活的东西发生了冲突。既然它部分体现了生活，我们就当成真的生活。有人会说，我最讨厌詹姆斯那种人。或者说，这就是一堆胡说八道。我自己从来没有过那种感觉。回想任何一部知名小说，你就会发现，小说的整体结构显然是无限复杂的，它结合了那么多不同的判断，那么多种不同的情感。神奇的是，这样写出来的小说结构完整，能流传很多年，无论是对于英国读者、俄国读者还是中国读者来说，它的内涵都是共通的。这种整体性有时非常神奇。这类作品只有少数流传下来（我想起《战争与和平》），它们能保持完整性，靠的是一种诚实的品格，这种诚实和不赖账或危急时刻为人正直无关。我们说的是小说家的诚实，他能让人相信"这就是事实"。人们会觉得，我从没想过要这样，从来没见过这样做的人。但小说家让人确信，事情就是这样，一切就是如此发生。我们阅读的时候，会把每个句子、每个场景都拿到光下——奇妙的是，我们内心似乎天生有一道光，能照出小说家诚实与否。也许是造物主心血来潮，用隐形的墨水在我们的脑中写下了一种预感，而伟大的艺术家证实了这一预感；这是一幅草图，只有在天才之火的照耀下才能显现。看着它渐渐出现、清晰和生动起来，人们发出狂喜的呼喊，我一直感觉、知晓和向往的就是它！人们心潮澎湃，怀着某种敬畏的心情合上书，放回书架上，仿佛它是一件珍宝，仿佛人活着就是为了随时拿起它。我这么说着，拿起《战争与和平》，把它放回了原位。但如果情况不是这样，如果这些可怜的句子看似鲜亮而华美，引得我们拿起来检验一番，心中顿时激荡起一种热切的回应，然后戛然而止：似乎有什么东西遏制了它们的成长，只能看到角落里一些模糊的痕迹和一处污点，没有任何完整和完全的东西，我们只能发出一声失望的叹息，说一句，又是一部失败之作。这部小说哪里出了问题。

当然，大部分小说会在什么地方出些问题。想象力不堪重负，寸步难行了。洞察力也不再敏锐，分不清真假，再也没有力气进行那种需要持续调动各种才能的艰巨劳动。然而再看看《简·爱》和其他小说，我想，小说家的性别对这一切又有什么影响呢？我把诚实看作小说家的核心品质，但女性小说家的性别会影响她的诚实吗？看看我从《简·爱》中摘录出的那几段，小说家夏洛蒂·勃朗特的愤怒显然干扰了她的诚实。她偏离了自己倾注全部心血的故事，陷入了某些个人的不满情绪中。她想起自己本该拥有某种经验，却被剥夺了机会——她想自由闯荡世界的时候，却只能憋在牧师住宅里补袜子。她的想象变成了愤怒，我们都能感觉得到。

除了愤怒，还有很多其他力量纠缠着她的想象力，想让她偏离正道，比如无知。罗彻斯特先生的形象是在黑暗中描绘出来的。我们能从中感到一种恐惧，就像我们常常感觉到一种压迫产生的刻薄，一种激情之下压抑的痛苦，一种感染了整本书的敌意。那些书很好，但却一阵阵地痛。

既然小说和现实生活有一定关联，那它的价值在某种程度上体现了现实生活的价值。通常情况下，女性的价值观显然和男性定义的价值观不一致，这很正常。不过，占上风的是男性价值观。简单来说，足球和运动很"重要"；而追求时尚、购买衣物是"小事"。这种价值观必然会从生活渗透进小说之中。批评家会说，这本书很重要，因为它讲的是战争。这本书不重要，因为它讲的是会客厅里女人们的感情。描写战场的场景比商店里的场景更重要——价值观的差异比这更微妙，而且无处不在。因此，在19世纪初期，一个女人如果要写小说，她的大脑肯定会有点偏离正道，受到外界权威的影响，不得不修正自己的明确想法。你只需扫一眼那些被遗忘的旧小说，倾听它们的声音，就能看出作家遭到了批评。她的文字一会儿充满攻击性，一会儿又表示妥协。她要么承认自己"不过是个女人"，要么抗议说她"不比男人差"。她面对批评的方式是随性的，有时顺从而恭敬，有时愤怒又强硬。方式不重要，重要的是她偏离了事情本身，开始想其他东西。她的书把私人的情感强加给读者。书的核心有瑕疵。我又想到，女性的小说散落在伦敦的二手书店里，像一颗颗没长好的癞苹果。这些书的根部有问题，导致它们腐烂了。她因为别人的观点而动摇了自己的价值观。

然而，她们不可能不左右摇摆。在一个纯粹的男权社会里，面对所有批评，要想坚持己见不退缩，需要怎样的才能，怎样的诚实品质啊。只有简·奥斯汀和艾米莉·勃朗特能够做到。这是她们的成就，恐怕是最光荣的一个成就。她们写女性的小说，而不是男性的。在那个年代，写小说的女性成千上万，只有她们做到了彻底无视老学究们的反复告诫——你得这么写，你得那么想。那些声音喋喋不休，时而怨声载道，时而居高临下，时而盛气凌人，时而悲痛，时而震惊，时而愤怒，时而和蔼，让女性没有片刻安宁，像一位过于严肃的女教师，命令她们要有埃杰顿·布瑞格爵士那样的教养；甚至连批评诗歌时也扯上对性别的批评；还劝告她们，要想守规矩，想赢得某种耀眼的回报，就要注意自己行为的底线，不能超出某些绅士觉得合适的范围——"女性小说家要想成功，就要勇敢地认识到自己性别的局限性。"这句话点出了问题之所在。别吃惊，我告诉你们，这句话不是写于1828年8月，而是1928年8月。我想，现在你们看到这句话，会觉得挺好笑，但它代表的是大部分人的观点——不是我想翻旧账，我只是想到什么就说什么——一个世纪前，这部分人非常活跃，非常有发言权。在1828年，一个年轻女性必须有非常坚定的意志，才能无视所有斥责、谩骂和别人承诺的奖赏。她一定得通过某种方式煽动自己，对自己说，好吧，他们总不至于把文学也包了。文学向所有人开放。就算你是什么校官，我也不允许你把我赶出草坪。至于图书馆，你想锁就锁吧，但我的思想是自由的，任何大门、门锁和门闩都不能阻拦。

在写作这件事情上，不管那些挫败和批评对她们产生了什么影响——我相信这种影响是巨大的——比起她们面临的另一个困境，这些都不重要，只要她们（我想的还是那些19世纪初期的小说家）将自己的思想付诸纸笔，就会发现自己缺乏传统的支撑，或者传统历时太短太片面，帮不上多大忙。女人只能通过自己的母亲追溯历史。男作家能给我们带来很多乐趣，但不能给我们提供任何帮助。兰姆、布朗、萨克雷、纽曼、斯特恩、狄更斯、德昆西——不管是谁——对女性都没有帮助，尽管她能从他们那里学到些技巧，并加以活用。男性思想的重量、步调和步幅都和女性完全不同，她无法成功从中提取任何有用的东西。你总不能比着葫芦画瓢。她提起笔的第一反应，恐怕是发现她找不到现成的通用句式。所有伟大的小说家，像萨克雷、狄更斯和巴尔扎克等，都写得一手流畅的散文，节奏快而不乱，表现力强但不做作，有自己的特色，同时又属于全人类。他们使用当时通用的句式。19世纪初通用的句式大致如下："他们作品的伟大之处，在于它不半途而废，而是继续前进。作家最能感到兴奋或满足的事情，应该在于修炼艺术、创造无限的美和真理。成功激发人努力，习惯帮助人成功。"这是一个男性的句式，我们能从中看到约翰逊、吉本等人的影子。它不适合女性使用。哪怕夏洛蒂·勃朗特有着卓越的散文才能，拿起这件笨拙的武器，她也要磕磕绊绊，栽倒在地。乔治·艾略特要是拿起它，不知道会干出什么不可描述的暴行来。简·奥斯汀看看它，嘲笑一番，然后组织出一种适合自己使用的句式，一直使用下去。这种句式绝对非常流畅、漂亮，因此，她的写作才能虽然略逊于夏洛蒂·勃朗特，表达的却比勃朗特完整得多。艺术的精髓在于自由和完整的表达，因此女性写作欠缺传统和工具，便能说明很多问题。而且，一本书并不是由一个个句子从头到尾连接而成，而是词句的建设，说得更具象些，就像建造拱廊或穹顶一样。男人根据自己的需求制造出这些形状，供自己使用。史诗或诗剧的形式也不见得比这些句式更适合女性。到了女性当上作家的时代，现存的文学形式已经固定。只有小说足够年轻，还能供女性灵活使用，也许这就是女性选择小说的原因。尽管如此，到了现在，谁又能说所有文学形式中最灵活的"小说"（我使用双引号，因为我觉得这个词不够恰当）就适合现在的女性使用呢？当然，如果她能自由伸展四肢，肯定会把小说捶打成适合自己的样子；创造某种新的形式，不一定是韵文，用来表达自己的诗性。因为她心中还有诗意未能表达。我又想，现在的女性会如何写一部五幕诗悲剧，是用韵文，还是用散文？

这些都是我们未来需要面对的问题。现在我必须放下这些问题，否则它们会引诱我偏离话题，走进无迹可寻的森林，我会迷路，而且极有可能被野兽吃掉。小说的未来是个令人沮丧的话题，我不想提起，也觉得你们不会想听。所以我只稍微说上两句，请大家注意，对将来的女性来说，物质条件至关重要。书必须在某种程度上适应人的身体条件，甚至可以草率地说，女性写的书应该比男性写的书更短更紧凑，结构要清晰，不用进行长时间集中且不间断的写作。因为她们总是受到干扰。另外，男性和女性脑中输送营养的神经似乎构造不同，如果要他们发挥出各自最好和最努力的状态，就必须找到适合他们的方式——举例来说，几百年前修道士可能会设计的几小时课程是否适合他们——他们需要什么样的劳逸结合，这里我说的"逸"不是什么都不做，而是指做些别的事情；他们到底有哪里不同？一切都在等待我们去讨论和发现，一切问题都属于女性与小说这个话题。我又走近书架，想，哪里能找到女性学者关于女性心理的详细研究？如果因为女性不擅长踢足球，就不允许她们研究医学——还好，我的思路在这里又转了一个弯。

Chapter 05

　　一番胡思乱想过后，我终于走到一个书架前，上面放着的都是当代人的作品，有女性写的，也有男性写的，女性写的几乎和男性写的一样多。或者，这种情况并不完全真实，男性依然比女性更爱表达，但至少有一点没错：女性不再只写小说。书架上有简·哈里森写的希腊考古学著作，弗尔农·李写的美学著作，有格特鲁德·贝尔写波斯的著作。她们的写作涉及上一代女性根本没法接触的各种主题。她们写诗、写剧、写文学批评，写历史和传记、游记，写学术和研究专著，甚至还写了少数哲学著作和科学、经济著作。尽管小说仍然占大多数，但小说本身和其他类型产生了联系，产生了变化。朴素的写作风格已经随着女性写作的叙事诗时代一去不复返。阅读与批判拓展了她的视野和深度。书写自己的冲动已经平息。她开始把写作当成一种艺术，而不是一种自我表达。在这些新的小说里，我们能找到很多这类问题的答案。

我随便取下其中一本。它立在书架最边上，书名叫《人生的冒险》之类的，作者是玛丽·卡迈克尔，今年10月刚刚出版。我对自己说，这好像是她的处女作，但我们读它时，必须把它当作一个漫长系列的最后一卷，它和我刚才翻过的那些书是连续的——比如温切尔西伯爵夫人的诗作，阿芙拉·贝恩的剧作，还有四位伟大小说家的小说。我们习惯单独评判每一本书，但书是连续的。我评判这个不知名的女人时，应该把她当成前面那些作家的继承人，她继承了她们的个性与局限性。小说往往只能止痛不能解毒，让人陷入麻木的沉睡，而不是用滚烫的烙铁把人唤醒。我叹了口气，拿着笔记本和铅笔坐下来，看看我能从玛丽·卡迈克尔的第一部小说《人生的冒险》中得出什么。

我翻开一页，从上到下扫了一遍。首先，我得熟悉作者的语句，然后再去记忆角色的眼睛是蓝色还是棕色，克洛伊和罗杰之间又有什么关系。之后有的是时间处理这些细节，在那之前，我要先弄清楚，作者手里拿的是笔还是镐。于是，我试着念了念一两句话。很快我就明显感觉到哪里不对劲。句子和句子之间的流畅衔接被打断了。书中出现了某种裂痕和伤口，时不时冒出一个刺眼的词来。就像过去的戏剧里说的，她"放开了"自己。我想，她仿佛在划一根永远点不着的火柴。如果她在我面前，我要问她，简·奥斯汀的句子不适合你？难道因为爱玛和伍德豪斯先生死了，那些句子就要被抹消？啊，我叹道，看来就是这样。就像莫扎特创作了一首又一首曲子，简·奥斯汀也写出了一段又一段旋律，可是，读这本书就像乘一艘敞船出海，沉一下，浮一下。这种简练的语言，这种急促的节奏，可能意味着她有所畏惧：也许是害怕被人说"多愁善感"；也许她想起过去人们说女性的写作太花哨，于是披上了过多的荆棘；除非我仔细读上一段，才能判断这是她自己的意志，还是受了别人影响。我仔细阅读之后，认为她至少没有让人读不下去。但她堆砌了过多的事实。按照这本书的篇幅来看（这本书相当于《简·爱》的一半那么长），她应该删掉至少一半的事实。但是，她通过这样或那样的手段，把所有人——罗杰、克洛伊、奥莉维亚、托尼和比格姆先生——都塞进了同一条船。等等，我靠在椅背上说，在进一步讨论之前，我要再把整件事情仔细想一遍。

我对自己说，我几乎可以肯定，玛丽·卡迈克尔跟我们开了个玩笑。我感觉像行驶在蜿蜒起伏的火车路线上，你以为列车要下坡，它却升起来了。玛丽在摆弄我们预期的顺序。她先是割裂了句子，然后又打乱了顺序。如果是为了创作，不是为了破坏，那么很好，她完全有权做这些事情。只有当她遇到某个场景，我才能看出她是在创作还是在破坏。我给她选择这个场景的自由，无论是锡罐还是破旧的水壶都可以，只要她愿意；但她必须让我确信她自己相信这个场景；一旦她创作了这个场景，她就要去面对。她必须投身其中。如果她能履行自己作为作家的义务，我也决定履行自己作为读者的义务，于是，我翻开下一页继续阅读……抱歉我突然打住了。这里有男人在场吗？你们能不能向我保证，查尔斯·拜伦爵士没有藏在那块红色帘帐后面？大家都是女人，对不对？我要告诉大家，接下来我读到的原话是："克洛伊喜欢奥莉维亚……"不要吃惊，不要脸红。在场的都是女同胞，我们不妨私下里承认，这样的事情确实会发生。有时候，女人确实会喜欢女人。

"克洛伊喜欢奥莉维亚，"我读道。我突然意识到，这意味着一个多么巨大的变化。在文学世界里，这也许是克洛伊第一次喜欢奥莉维亚。克莉奥佩特拉没有喜欢奥克塔维亚。如果是这样，《安东尼与克莉奥佩特拉》将会发生多么天翻地覆的变化！我让思绪从《人生的冒险》移开了一下，我想，这件事被简化了，世俗化了，甚至显得很荒唐。克莉奥佩特拉对奥克塔维亚唯一的情感就是嫉妒。她比我高吗？她怎样打理头发？这部剧也许不打算描绘更多。但如果两个女人之间的关系更加复杂，那该多有趣啊。我迅速回想了一遍虚构作品中辉煌灿烂的女性形象，发现所有女人之间的关系都过于简单。太多东西被忽略，太多东西等待人们去尝试。我试图回忆，我读过的书里，是否出现过两位朋友关系的女性。《十字路口的狄安娜》做过此类尝试。当然，在拉辛的悲剧和希腊悲剧中，女性可以是知己。她们有时是母亲，有时是女儿。但她们无一例外出现在与男性的关系之中。在简·奥斯汀的时代之前，所有小说中的伟大女性形象，都是通过另一个性别的视角呈现，并且只出现在和另一个性别的关系之间，这真是太奇怪了。那是女性生活中一个多么微小的部分，而男性戴着黑色或者玫瑰红色有色眼镜看待性别，看到的只是冰山一角。因此，小说中的女性气质奇特：要么美得惊人，要么丑到极致；要么善良神圣，要么穷凶极恶——对于一个男人来说，随着他心中的激情起起伏伏，随着他的事业成功或遭遇不幸，他眼中恋人的形象也会改变。当然，19世纪的小说家不会这样写。女性的形象已经变得更加多样和复杂。也许，正是书写女性的欲望让男性逐渐抛弃了诗剧，选择小说作为更合适的形式。诗剧过于激烈，很难容得下女性。尽管如此，从普鲁斯特的作品中依然能明显看出，男性对女性的了解非常有限且偏颇，女性对男性的了解也是一样。

我又看了看眼前这一页，发现女性显然和男性一样，除了日复一日的家务，也有其他兴趣。"克洛伊喜欢奥莉维亚。她们共用一间实验室……"我继续往下读，发现这两位年轻女性正在切猪肝，似乎是用来治疗贫血的；其中一位已经结婚——我应该没说错——还有两个年幼的孩子。当然了，这些情况都不能说，因此，小说中女性的光辉形象太简单、太单调。我们假设在文学作品中，男性只能作为女性的情人出现，不能和男人交朋友，不能是士兵、思想家、梦想家，那莎士比亚的戏剧会少了多少男性角色，文学会变得多么暗淡失色！我们只能看到几乎完整的奥赛罗，大部分完整的安东尼，但看不到恺撒、布鲁图斯、哈姆雷特、李尔王、杰奎斯——文学世界会变得极其匮乏，当然，把女性拒之门外，文学世界更是会变得无比匮乏。被逼着结了婚，关在房间里，整天做着同样的事情，这样的女性，让剧作家如何做出完整、有趣或真实的记录？爱情成了对女性的唯一一种诠释。诗人必须满腔热情或苦涩，除非他选择"仇恨女性"，这种态度往往意味着他不受女性欢迎。

如果克洛伊喜欢奥莉维亚，和她共用一间实验室，单是这一点，就足够让她们的友情更多样化、更长久，因为其中少了些私人的成分；如果玛丽·卡迈克尔懂得如何写作，我已经开始欣赏她的写作风格；如果她有一间自己的房间，这一点我不确定；如果她每年都有五百英镑——这一点还有待考证——如果是这样，那就意味着一件意义重大的事情发生了。

如果克洛伊喜欢奥莉维亚，而玛丽·卡迈克尔懂得如何表达这种情感，那她就相当于开启了一扇无人涉足的新世界的大门。这个世界明暗相伴，人们仿佛举着蜡烛走进了一个弯弯曲曲的洞穴，看不清下一步会迈向何处。我开始重读这本书，看看克洛伊如何注视着奥莉维亚把一个罐子放在架子上，如何说她该回家照顾孩子去了。我惊呼，自从创世以来，这样的场景还是第一次出现。而我满心好奇地观察着。我想看玛丽·卡迈克尔如何捕捉到那些不曾被描述的动作，那些没说出口或只说了一半的话语，当女性独自一人，不受男性善变和偏见的影响，这些动作和话语就成形了，像飞蛾投在天花板上的影子一样不易察觉。我边读边想，她要屏息凝神才能做到，因为女性对一切没有明显动机的事情都表示怀疑，她们习惯了遮掩与压抑，哪怕有人留心多看她们一眼，她们也会仓皇而逃。如果玛丽·卡迈克尔在场，我要告诉她，你唯一的办法是谈点别的，或是定睛看着窗外，然后去记录，不是用铅笔记在笔记本上，而是用最快的速度，用那些几乎还没说出口的话语，记下奥莉维亚——这个被巨石遮蔽了几百万年的生命——感到一缕光洒下，看到一盘奇怪的食物递到了自己面前——那是知识、冒险和艺术。我从书页上抬起眼，心想，她伸手去拿那盘食物，她高度发达的才能本来是用于其他目的，现在她必须组合出一些全新的东西，让新的和旧的才能融合，但不影响整体上无限复杂和精细的平衡。

但是，啊，我做了一件我本不想做的事情：我不知不觉陷入了赞美同性的陷阱。"高度发达""无限复杂"——这些无疑是赞美之辞，但赞美自己的同性通常没有说服力，还很愚蠢，更何况这种说法有什么依据呢？你没法指着地图说，哥伦布发现了美洲大陆，哥伦布是女人；不能拿着苹果宣称，牛顿发现了万有引力定律，牛顿是女人；不能望着天空说，有飞机飞过去了，飞机是女人发明的。墙上没有衡量女性高度的标记。没有一把按英寸均分的码尺，用来衡量一位母亲是否称职，一位女儿是否孝顺，一位姐妹是否忠诚，一位主妇是否能干。即使到了现在，也很少有女性能上大学；她们很难有机会经历各种职业的磨炼，比如陆军、海军、商贸、政治和外交。甚至直到现在这个时刻，她们几乎还没有进入这些分类。但举例来说，如果我想了解人们对霍利·巴茨爵士已知的一切，只需翻开《柏克氏贵族系谱》或《德布雷特氏贵族名鉴》，就能查到他获得了这个和那个学位，有一套宅子，有一位继承人，是某委员会的书记，当过英国驻加拿大大使，获得了各种学位、官职、奖章和其他荣誉，永远铭刻着他的功绩。霍利·巴茨爵士的信息被记载得如此详细，恐怕只有上帝知道更多了。

因此，我说女性"高度发达""无限复杂"，却没法从《惠特克年鉴》《德布雷特氏贵族名鉴》或大学年鉴中找到任何证据。这下我怎么办？我又看了看书架。上面有很多传记：约翰逊、歌德、卡莱尔、斯特恩、库珀、雪莱、伏尔泰、布朗宁和其他很多人。我回想这些伟大的男性，出于这样或那样的原因，倾慕女人，追求女人，和女人一起生活，向女人倾吐秘密、示爱、书写她们，信任她们，表现出一种对几个特定女性的需求和依赖。我不敢肯定所有这些关系都是柏拉图式的，威廉·乔因森—希克斯爵士就会否认这一点。但如果我们坚持说，杰出男性从女性身上获得的只有安慰、奉承和生理快感，那就大错特错了。显然，他们获得了一些同性不能提供的东西；我们无须引用诗人的狂热诗句，就可以确定这种东西是对男性的促进，对创造力的补充，它们只能从异性身上获得。我想，他打开客厅或育儿室的门，看见她和孩子们在一起，膝头放着一块刺绣——总之是看见某种完全不同的生活秩序和体系，不再是什么法庭或议院，而是和他自己的世界完全相反，那情景让他瞬间焕然一新、精力充沛；接下来，哪怕他们聊些最简单的话题，也能产生一些不同的观点，让新的养分滋润他干涸的思想；她用和他完全不同的方法创作，仅仅是看到这幅光景，他的创造力也会开始活跃，停滞的大脑不知不觉开始重新转动，只要他戴上帽子去拜访她，他就能找到自己缺失的那个句子或场景。每个约翰逊都有他的史雷尔夫人，出于某种原因对她穷追不舍，史雷尔和她的意大利音乐教师结婚后，约翰逊又恨又恼，都快疯了，不仅因为他怀念那些在斯特里特姆度过的愉快夜晚，也因为他的生命之火"仿佛熄灭"。

我们不是约翰逊博士、歌德、卡莱尔或伏尔泰，和这些大人物相差甚远，但也能感受到，女性身上有一种高度发达的创造力，生来复杂且强大。人们走进房间——此时英语词穷了，一个女人得动用英语里的全部词汇，把它们硬凑在一起，才能说出她走进房间时发生了什么。这些房间截然不同；有的安静，有的电闪雷鸣；有的通往辽阔的大海，有的通往监狱的操场；有的挂满洗好的衣物，有的装满宝石和绸缎；有的像马鬃一样坚硬，有的像羽毛一样柔软——只需走进任何一条街道上的任意一个房间，错综复杂的女性力量就会扑面而来。不然呢？因为女性在室内待了几百万年，她们的创造力浸透了墙壁，远远超出那些砖块和灰泥的容量，只有写作、绘画、商业和政治才能驾驭它。她们的创造力和男性的极为不同。这种力量是几个世纪的严厉约束换来的，它不可替代，如果遭到遏制或者白白浪费，那绝对是一万个可惜。如果女性像男性一样写作，像男性一样生活，甚至长得也和男性一样，那更是一万个可惜，因为世界那么大那么丰富，两种性别都有不完善的地方，只剩一种性别怎么行呢？我们的教育难道不是应该凸显和强化两个性别的不同，而不是相似之处吗？人类已经有了太多相似之处，如果哪位探险家探险归来，发现另一个性别的人隔着另一片树枝仰望另一片天空，那他就是对人类社会做出了最大的贡献。看着某教授搬出测量尺，急急忙忙证明自己"更优越"，是一件有着无限乐趣的事情。

我依然游离在书页之外，心想，玛丽·卡迈克尔雕琢自己的作品时，仅仅是一个观察者。我怕她不小心变成我心中最无趣的那类人——一位自然主义小说家，而不是一位思想者。世界上有那么多新的事物等待她去发现，她不用把自己禁锢在中上流家庭的大房子里。她带着友爱的精神，而不是怜悯或者屈尊的心情，走进洒满香水的小屋子，里面坐着情妇、娼妓和抱着八哥犬的妇人。她们身上穿着的粗糙成衣，一定是男性作家硬搭在她们肩头的。但玛丽·卡迈克尔拿出剪刀，把它们裁剪得贴合身体的每一处线条。她们的真实面貌呈现出来，这是一幅奇景，但我们需要耐心等待，因为玛丽·卡迈克尔在"罪恶"的自我意识面前犹豫了，这是性野蛮时代的遗物。她脚上还戴着过去残留的虚伪的阶级镣铐。

然而，大部分女性既不是娼妓，也不是情妇；也不会在一个夏日把八哥犬放上沾满灰的天鹅绒膝头，抚摸它们一下午。那她们都做些什么？我脑中浮现出河南岸某条长长的街道，无数人住在街道两旁的小巷。我想象一位老妇人穿过街道，一位中年女子搀扶着她，后者可能是她女儿，两人打扮得都很体面，穿着靴子和毛皮大衣，她们一定是把每天下午的盛装打扮当成一种仪式，等夏日来临，她们会把这件衣服和樟脑丸一起放入衣柜。她们穿过街道时，街灯亮起（因为黄昏是她们最喜欢的时间），这种行为，想必她们已经重复了一年又一年。老妇人将近八十岁，如果你问她人生对她意味着什么，她会说，她记得巴拉克拉瓦战役时街头的灯火，她听到爱德华七世诞生时海德公园的炮响。如果你锁定某个特定的日期，再问她，1868年4月5日她在做什么，1875年11月2日又在做什么，她会一脸茫然地说，她都不记得了。她做饭，洗盘子、杯子，送孩子们上学，放他们出去闯荡世界。所有的一切都没留下任何痕迹，都消失了。传记和历史对此没有记录一个字。小说难免会说谎，尽管它不是故意的。

如果玛丽·卡迈克尔在场，我要对她说，无数默默无闻的人生等待着被记载；我的思绪继续沿着伦敦的街道飘荡，我想象那些不留痕迹的生活，感到一种无形的压力，有两手叉腰站在街角的妇女，戒指已经深深陷进肿胀的手指，说话时带着一种莎剧的节奏，边说边比画；还有卖花、卖火柴的女人和干瘪的老太婆；还有那些游荡的女孩，她们变幻的面孔仿佛是阳光和云雾中的波浪，标示着男男女女的到来和橱窗里闪烁的灯光。我对玛丽·卡迈克尔说，这一切都等着你去探索，攥紧你手中的火炬，首先照亮自己的灵魂，发现其中的深刻与肤浅、虚荣与慷慨，认清自己的意义，无论你美或平凡。人造大理石的街道上有一条拱廊，满是销售各种服装饰品的商店，各种化妆品的瓶子里飘出淡淡的清香，各种手套、鞋子和物品在香气中上下摇摆，在这个不断变化的世界里，认清自己与外界的关系。我想象自己走进一家商店，店里铺着黑白相间的地板，挂满美得惊人的彩色丝带。我想，玛丽·卡迈克尔经过这里，肯定会停下来看一眼，因为这幅光景同样适合书写，不亚于任何一座雪山之巅或者安第斯山脉的岩石峡谷。还有一个女孩站在商店柜台后面——我想写下她的真实故事，就像拿破仑的第一百五十种传记，济慈的第七十次研究，或老Z教授等人正在写的关于弥尔顿式倒装句应用的文章。然后我踮起脚尖，非常谨慎地小声说（因为我很胆小，很怕被骂，更何况我之前差点遭到那种责骂），她应该学会一笑了之，不去挖苦另一个性别的虚荣——或者说特别之处，后一种说法攻击性不那么强。每个人脑袋后面都有一块自己永远看不见的盲区，大概有一先令硬币那么大。两个性别的人应该互相帮助，描述对方脑后这个盲区。想想尤维纳利斯的评论和斯特林堡的批评给女性带来了多少好处。想想看，自古以来的男性有多么仁慈和敏锐，指出女性脑袋后面那个黑点！如果玛丽够勇敢、够诚实，她应该走到男性背后，告诉我们她有什么发现。如果没有女性描述那个一先令硬币大小的点，男性的形象永远没法变得真实和完整。伍德豪斯先生和卡索邦先生就是一个同样大小和性质的点。当然，任何正常人都不会劝她故意轻蔑和嘲笑他人——文学已经证明，怀着这种精神写下的文字都是徒劳。人们会说，只要诚实，就一定会产生有趣的结果。喜剧的内容一定会更充实。新的事实一定会被发现。

不过，是时候重新回到书里来了。与其推测玛丽·卡迈克尔会写什么、该写什么，不如看看她实际写了什么。于是我继续阅读。我记得我对她有些不满。她打乱了简·奥斯汀的句式，让我没法炫耀自己完美的品位和挑剔的眼光。"是啊，是啊，写得不错，但简·奥斯汀写得比你好多了。"这么说没有任何用处，因为我必须承认，她俩没有任何共同点。不仅如此，她还进一步打破了文章的顺序——我们预料之中的顺序。也许她这么做不是故意的，只是想还原事物本来的顺序，作为一名女性写作。但结果却令人困惑；我们看不到浪潮涌起，看不到危机即将到来。因此，我无法炫耀自己的情感深度，或是对人心的深刻见解。每当我预感在某处感觉到某种熟悉的感情时，感觉到爱情或死亡时，那个恼人的东西就会把我拉扯到一边，仿佛重点还在前面不远处。她让我们没法说出那些掷地有声的论调——关乎"基本情感""人性的共通之处""人心的深度"等话题，支撑我们的信念，让我们相信不管我们表面上有多聪明，内心都是非常严肃、深刻和高尚的。她反而让我们觉得我们不严肃、不深刻、不高尚，而是——这个想法就不怎么讨人喜欢了——思想懒惰、保守。

我继续往下读，注意到其他一些事实。她显然不是"天才"。她没有对大自然的热爱、炽热的想象、狂野的诗情、杰出的才华，也没有继承伟大前辈温切尔西伯爵夫人、夏洛蒂·勃朗特、艾米莉·勃朗特、简·奥斯汀和乔治·艾略特的深沉智慧；她笔下没有多萝西·奥斯本那样的韵律和尊严——她只不过是个聪明姑娘，她写的书不出十年，就会被出版社化成纸浆。尽管如此，半个世纪前有些女性比她更具才华，但少了几种优势。对她来说，男性不再是"敌人"；她不再浪费自己的时间责骂他们；她不用爬上屋顶，渴望旅行、经验、了解世界和人，不再因为得不到这些而烦扰。恐惧和憎恨几乎消散，它们留下的痕迹之上，显露出一种自由看待异性的快乐，快乐得有点夸张，倾向于刻薄和讥讽，而不是浪漫。毫无疑问，作为一名小说家，她确实享有某种高级的天然优势。她的情感广泛、热切、自由。哪怕是难以察觉的轻轻一碰，它也能做出反应。它像一株刚破土的幼苗，外面的每一幅光景、每一种声响都让它沉醉。它非常敏锐、充满好奇地探索那些不为人知和未被记录的事物；它发现渺小的事物，证明它们或许并不渺小。它让被掩埋的事物重见天日，让人禁不住好奇这些东西怎么会被埋藏。尽管她笨拙，完全没有继承那种悠久的传统，没法像萨克雷或兰姆那样，钢笔轻轻一挥，就能写出令人愉悦的文字，但她还是——我开始想——掌握了最重要的第一课；她作为一名女性写作，并且忘记了自己的女性身份，她的字里行间洋溢着一种奇妙的性别平等意识，这是消除了性别意识的结果。

这些都是好事。但她必须超越瞬间性和私人性，搭建起一座矗立不倒的大厦，否则再多感性和细腻的感知都没用。我刚才说过，我要等她面对"某个场景"。我是认真的，除非她能打起精神，证明自己不是一个只看表面的人，而是能看到事物的深处。在某个时刻，她会对自己说，就是现在，我不需要诉诸任何暴力，就能说明这一切的意义。然后她就开始了——多么明显的跃动！——她振作起来，记忆中开始浮现其他章节中被遗漏、几乎被忘却的内容，也许是一些非常琐碎的事情。她写某个人做针线活或者抽烟斗，让人感觉到这一切都很自然，随着她继续往下写，人们会感觉到，他们仿佛来到世界之巅，脚下是整个庄严的世界。

不管怎么说，她正在尝试。我看着她接受考验，我看到那些主教和院长、博士和教授、家长和教师大喊大叫，但希望她没有听到。他们都在警告和建议她：你不能做这个，你不该做那个！只有研究者和学者才能走上草坪！女性要有介绍信！胸怀大志的优雅女性小说家走这边！他们纠缠着她，像挤在赛马场栏杆边上的人群，她所面临的挑战，就是能否忽略身边的人，一心跨越自己的栅栏。我对她说，如果停下来咒骂，你就输了；停下来笑，也是一样。如果你犹豫，慌乱，你就完蛋了。我央求她，只管跳你的，仿佛我把所有钱都押在了她身上；她跨越了栅栏，轻盈得像只鸟儿。但是，栅栏之后还有一道道栅栏。我怀疑她坚持不下来，因为鼓掌和叫喊声都消磨着她的精力。但她尽力了。考虑到玛丽·卡迈克尔不是天才，而是一位无名女子，在卧室兼起居室里写出了自己的第一部小说，没有足够好的条件、时间、金钱和闲暇，我想，她已经做得不错了。

我读到了最后一章——有人拉开了客厅的窗帘，星空照亮了人们的鼻梁和裸露的肩膀——我得出结论，再给她一百年，一间自己的房间和一年五百英镑，让她说出自己的心中所想，把她现在写下的文字删去一半，那么总有一天，她会写出一本更好的书来。我把玛丽·卡迈克尔著的《人生的冒险》放回书架最边上，说道，她会成为一个诗人，不过要再过一百年。

Chapter 06

　　第二天，窗户没拉窗帘，10月清晨的阳光透进来，形成了一道道飞舞着灰尘的光束，街上传来车来车往的声音。伦敦再次开始运转；工厂开始活动；机器开始工作。读完这些书，我很想看看窗外，看看1928年10月26日清晨的伦敦正在发生什么。那伦敦在发生什么呢？似乎没有人在读《安东尼与克莉奥佩特拉》。伦敦仿佛完全不关心莎士比亚的剧作。没有人在乎——我不怪他们——小说的未来、诗歌的死亡，或是一位普通的女性开始用散文完整地表达自己的思想。如果有人用粉笔把这些事情写在马路上，没有人会停下来阅读。冷漠的脚步来去匆匆，用不了半小时，那些字就会被擦掉。一个小伙计走来；一个牵着狗的妇人走来。伦敦街道的迷人之处，就在于每个人都不一样；每个人似乎都一头扑在自己的事务上。有人拎着小包，像是商务人士；流浪汉用棍子敲打院子栏杆，噼啪直响；还有些和蔼可亲的人，把街头当成俱乐部，他们跟马车上的人打招呼，不等你问就会开始散布消息。街上还有送葬队伍，引得人们联想起自己的辞世，纷纷脱帽致敬。一位高贵的绅士缓缓地走下门阶，突然停住，免得撞上一位匆匆忙忙的妇人，那妇人不知从哪里弄来一件华丽的毛皮大衣和一束帕尔玛紫罗兰。人与人之间仿佛没有关联，所有人都一心沉浸在自己的事务中。

这时，就像平时的伦敦一样，街道完全停滞和安静了下来。没有人沿街走来，没有人路过。街道一头的悬铃木上，一片叶子飘落，在停滞和宁静之中落地。它像一个信号，指向事物中某种被人忽视的力量。它仿佛指向一条无形的河，流过转角，沿街而下，把人们也卷进了它的旋涡，就像牛桥学院的河水卷走船上的大学生和枯叶一样。它带来一位穿漆皮靴的女孩，从街道一边斜穿到另一边，又带来一位穿着红褐色外套的年轻男子，还带来一辆出租车，三者刚好在我窗户底下汇聚一堂。出租车停了下来，女孩和年轻男子停了下来，他们钻进了出租车，出租车静悄悄地走了，仿佛被水流卷去了别的地方。

这幅景象相当普通；奇怪的是，我的想象赋予它一种节奏，这幅两人钻进了一辆出租车的平常之景，似乎传达出了某种讯息，这一点让我感到欣慰。看着出租车转弯离开，我想，这两个人沿街走来、在街角碰面的景象，似乎缓解了我脑中的某种紧张。我这两天一直在想，两个性别之间有着巨大的差异，这种想法或许很伤神。它干扰到了心灵的和谐。而见着那两人碰面，一起坐上出租车，伤神的想法不见了，大脑也恢复了和谐。我把伸出窗外的头缩回来，心想，大脑真是个奇怪的器官，我们事事依赖它，但对它一无所知。我为什么感觉脑中出现了断裂和对立，就像我们的身体会因为明确的原因变得紧张一样？人们说的"大脑的和谐"是什么？我陷入沉思，人脑具有强大的集中力，能在任何时刻集中精力于任何一点，仿佛不能独立存在。比如，大脑可以和街上的人分离开来，独立于他们之外思考，从一扇窗户俯视他们。它也能和别人的思考同步，比如等待某个新消息被宣读的人群。它可以通过父辈母辈进行思考，就像我前面说的，写作的女性通过她们的母亲追溯过去。同样，一个女性的意识可以突然分裂，令她自己也感到吃惊，比如走过白厅街时，尽管自己是这种文明名正言顺的继承者，她也会产生陌生感和批判的态度，变得置身其外。显然，大脑的焦点在不断变化，用不同的视角观察着世界。有些心境虽然是自发产生的，但却让人感到不舒服。为了保持这种心境，人们就会无意识地抑制某种东西，渐渐地，这种抑制力就开始伤神。但是有些心境无须伤神也能维持，因为它们不需要抑制任何东西。我离开窗边，心想，我现在的心境就是其中一种。看到那两人上了出租车，我很确定心里产生一种感觉，仿佛我割裂的心再次自然融合在了一起。显然，这是因为对于两种性别来说，和睦相处才是自然的状态。人们有一种深层但或许毫无道理的直觉，倾向于相信一种理论：只有男性和女性结合起来，才能带来最大的满足，实现最完整的幸福。两人坐上出租车的场景给我带来满足感，这让我想到，每个人心中是否也有两种性别，像生理上的两种性别一样，为了实现完整的满足感和幸福感，心理上的两种性别是否也要结合？接着，我笨拙地画了一张灵魂示意图，我们每个人心中都有两股力量，一种是男性的，一种是女性的；在男性的大脑中，男性力量比女性力量更占优势，在女性的大脑中，女性力量则比男性力量更占优势。这两种力量彼此和谐，形成了精神上的合作关系，一个人的内心才会处在正常和舒适的状态。对于男性来说，他脑中女性的那部分依然发挥着作用；对于女性来说，她和自己心中的男性也有交流。柯勒律治说，伟大的心灵是雌雄同体的，他说的或许就是这个意思。只有实现了这种融合，心灵才能得到充分的营养，发挥自己全部的能力。我想，无论是一个纯男性化的心灵，还是一个纯女性化的心灵，恐怕都不能创作。至于有女性气质的男性、有男性气质的女性到底是什么意思，我们可以从一两本书中找一下答案。

柯勒律治说伟大的心灵是雌雄同体的，意思当然不是说要对女性有什么特别的关心，也不是指从事研究女性的事业。比起单一性别的头脑，雌雄同体的头脑可能更倾向于不做这类区分。他的意思可能是，雌雄同体的头脑更易于共鸣和渗透；情感传递起来没有障碍；它天生就富有创造力，热情、完整。我们可以说莎士比亚的大脑是雌雄同体的，是具有女性气质的男性，但莎士比亚其实并不怎么关心女性。不特别关注或单独讨论性别问题，是大脑高度发达的特征之一，现在要实现这一点，不知道比过去要困难多少。这时，我走到了当代作家作品的书架前，停下来想，这一点是不是长久困扰我的某件事情的根源。我们的时代是一个性别意识最尖锐的时代，大英博物馆里无数男性作家写女性的书就是证据。毫无疑问，这一切都应归咎于妇女普选权运动。它在男性心中激起一股强烈的自我肯定欲望，怂恿他们强调自己的性别和特性，要不是受到了挑战，他们犯不着去思考这些问题。

如果一个人此前没受到过挑战，那他一旦面临挑战时，哪怕它来自少数带着黑色软边帽的女人，他也会进行有些过度的反击。或许这可以解释我发现的一些特征，我一边想一边拿起A先生创作的一本新小说。A先生正值全盛期，评论家们显然对他评价很高。我打开这本书。再次读到男性的写作，我确实感觉愉快。比起女性的写作，它显得如此直截了当，体现出思想和人身的自由，对自己充满信心。拥有一颗滋润、教养良好和自由的心灵，未遭遇挫折和反对，一生下来就享有充分的自由，可以朝任何自己喜欢的方向发展，这种感觉太幸福了。所有这些都令人羡慕。但读过一两章后，书页上似乎横过一道阴影，呈一条黑色的直线状，看起来有些像大写字母"I"。人们开始左躲右闪，才能看清阴影后面的景象。那个阴影到底是一棵树，还是一个行走的女人，我不太确定。人们的注意力总是会被拉回字母"I"上。人们开始厌倦"I"。这个"I"是一个高尚的"I"，它诚实而合乎逻辑，硬得像一颗坚果，被几个世纪以来的良好教育和养育打磨得光亮。我打心底尊敬和赞美那个"I"。但是，我又翻了一两页，寻找某种别的东西——最糟糕的是，字母"I"的阴影像一团迷雾，失去了形状。是一棵树吗？不，是一个女人。但是……她身子里仿佛没有一根骨头，我看着菲比（这是她的名字）走过沙滩，这样想道。接着，艾伦站起身，他的影子立刻遮住了菲比的存在。因为艾伦有见解，菲比在他洪流般的见解中淹没。我想，那个艾伦心中一定有热情；接着我快速翻过一页又一页，感觉决定性的时刻正在降临，事实上也确实如此。那个时刻就在阳光下、在沙滩上发生。它发生得堂而皇之，发生得非常激烈。没有其他事情能比这更不得体了。但是……我说了太多的"但是"。不能再继续说"但是"了。我怪自己，得想办法结束这个句子。我该把它讲完吗？"但是——我厌烦了！"可我为什么厌烦？一部分原因在于无处不在的字母"I"，它像一棵巨大的山毛榉树，投下了一片贫瘠的阴影。阴影之下寸草不生。还有一部分原因更隐晦。A先生的脑中似乎出现了某种困难和障碍，堵住了创造力的源泉，把自己限制在一个狭隘的范围内。我想起牛桥大学那顿午餐、烟灰、曼岛猫、丁尼生和克里斯蒂娜·罗塞蒂的回忆，看来阻碍就在其中。因为他不再低声吟唱，"一颗晶莹的泪珠，从门前一朵西番莲滑下"。当艾伦走近菲比，她心中不再回应"我的心是鸟儿在歌唱，筑巢在那挂着露珠的新枝上"，他又能怎么办？如果他像白昼一样坦诚，像太阳的运行规律一样合理，他能做的只有唯一一件事。实际上他就是这么做的，他做了一遍一遍（我边说边翻页）又一遍。坦白说，他的做法有些无趣，虽然这么说会让人难受。莎士比亚的粗俗排除了人们心中一千件其他事情，而且一点也不乏味。莎士比亚为了快乐而粗俗，而A先生，就像保姆们说的，他为了某种目的而粗俗。他这么做是为了抗议。他强调自己的优越性，抗议另一个性别的平等。因此，他受到阻碍和压抑，自我意识强烈。如果莎士比亚认识卡拉夫和戴维斯小姐，他也会变成这样。如果妇女运动从16世纪而不是19世纪就开始了的话，伊丽莎白时代的文学一定会是另一副模样。

如果大脑的两面性这个理论没错，那就说明男子气概成了一种自我意识——也就是说，现在的男性只用大脑中男性的一面写作。女性读这些书就是个错误，因为她不免会在书中寻找根本不存在的东西。我想，人们最缺乏的是暗示的力量。我拿起批评家B的作品，非常小心、非常认真地阅读他关于诗歌艺术的言论。这些文字很出色，很敏锐，很渊博，但问题在于，他的情感缺乏沟通，他的大脑似乎被分隔在几个不同的房间，传不出丁点儿声音。因此，当B先生的句子进入我们脑中，它就扑通一声倒在地上——死了；但如果换成柯勒律治的句子，它会爆裂开来，激发出各种各样的思想，只有这种写作，才是参透了永恒的真谛。

不管出于什么原因，这都让人深感遗憾。因为它意味着——这时，我走到一排排高尔斯华绥先生和吉卜林先生的作品前——最伟大的当代作家一些最好的作品也只不过被当成了耳旁风。无论评论家们做出何种保证，女性在这些作品里都找不到那一口永恒的生命之泉。不仅因为它们赞美男性美德，巩固男性价值观，描述男性的世界，还因为女性并不能理解这些书中渗透的情感。结局还早着呢，人们就开始说，那种情感来了，它聚集起来，要在人们头顶上爆发。那幅画会落在老乔里恩头上，他会惊吓过度而死，老牧师会为他宣读两三句讣告，泰晤士河上的所有天鹅会开始一起鸣叫。但是在这一切发生之前，人们就会匆匆走开，躲进醋栗树丛，因为有些对男性来说非常深沉、微妙、象征意义非常丰富的情感，却让女性觉得奇怪。吉卜林笔下那些背过身去的军官是如此，撒种的播种人也是如此，那些只顾埋头工作的男人们，还有那面旗帜也是——所有这些黑体字都令人惭愧，仿佛在窃听一场只有男性的狂欢时被抓了个正着。实际上，无论是高尔斯华绥先生还是吉卜林先生，身上都没有一星半点儿的女性气质。因此我们可以推测，他们的一切特质在女性眼中都是粗糙又不成熟的。他们缺乏暗示的力量。如果一本书缺乏了暗示的力量，那么不管它冲击力多强，都没法渗入心灵深处。

我不停地把书抽出来，看也不看再放回去，我在这种焦躁不安的心情下开始想象，一个纯粹的、自负的男子气时代即将到来，就像那些教授的信件（比如沃尔特·雷利爵士的信件）中预示的那样，意大利的统治者已经建立了这样的时代。因为在罗马，人们很难不受那种凌厉的男子气概感染，且不论这种男性价值会对一个国家产生什么影响，它对诗歌艺术的影响都值得我们怀疑。至少从报纸上的文章来看，意大利的小说让人感到某种焦虑。学者们召开了一场会议，主题是"促进意大利小说的发展"。那天出席的都是"贵族、金融界和工业界名流，或法西斯集团名人"，他们讨论该议题后，给领导人发了一封电报，称"法西斯时代很快就会催生一位不愧于这个时代的诗人"。我们大可以虔诚地相信，但诗歌可不是孵化器生得出来的。诗歌的诞生需要母亲，也需要父亲。恐怕法西斯诗歌会变成一个可怕的夭折的胎儿，就像小县城博物馆里的藏品那样，装在一个玻璃瓶里展出。据说这样的怪物总是活不长；人们从没见过这样一个神童在田野里割草。一个身体长出两个头，并不能使人长寿。

如果我们急着追究这种情况的责任，两个性别都难辞其咎。所有诱惑者和改革家都有责任，对格兰维尔勋爵说谎的贝斯伯勒女士有责任，对格雷格先生说出真相的戴维斯小姐有责任。所有唤起性别自我意识的人都要负责，是他们，在我想在某本书上发挥自己的才智时，驱使我去追溯那个快乐的时代，那时，戴维斯小姐和克拉夫小姐还没出生，作家懂得平衡自己大脑的两面来写作。我们必须重新回到莎士比亚，因为莎士比亚是雌雄同体的；济慈、斯特恩、库珀、兰姆和柯勒律治也是。雪莱大概是无性的。弥尔顿和本·琼森身上的男性气质稍多，华兹华斯和托尔斯泰也是。我们这个时代里，普鲁斯特是完全雌雄同体的，或者说女性气质稍多。但是这种情况过于少见，没什么可抱怨的。因为一个人的大脑中要是没有这种融合，理智就会占了上风，大脑的其他能力就会僵化，最后荒废。但我安慰自己，现在是一个过渡期。我答应你们要做这场演讲，但我讲的大部分观点都会过时；现在，你们看到我眼里闪烁着火花，可不等你们成年，你们就会开始怀疑一切。

尽管如此，我来到书桌前，拿起那张以"女性与小说"为题的纸，准备写下第一句话：对于自己性别的思考，是任何一个写作者的致命伤。成为一个简单纯粹的男人或者女人，都是致命的；你必须成为有男子气概的女性或有女性气质的男性。女性发牢骚是致命的，哪怕一丁点儿也不行；哪怕有正当理由，也不能争辩；不能有意识地作为一个女性发表言论。这个"致命"不是夸张，因为任何带有意识偏见的文字都注定消亡。它不再获得营养。头一两天的时间里，它也许显得才华横溢，令人印象深刻，有力而巧妙，但当夜幕降临，它注定凋零；它没法在他人的心灵中继续生长。任何艺术创作，都需要大脑中的男性和女性先达成某种合作。两种对立的元素必须紧密结合。作家的大脑必须完全放开，我们才能感觉到他完整地表达出了自己的经验。大脑必须自由，必须宁静，没有一个轮子吱嘎作响，没有一星半点的光，窗帘必须拉严。我想，一个作家体验一件事情之后，他必须躺下来，让自己的大脑在黑暗中庆祝它们的结合。对于他脑中发生的一切，他一概不能看，也不能质疑。他应该去摘下玫瑰花的花瓣，看着天鹅静静地漂在湖面上。我又看到了那股卷走小船、大学生和落叶的水流，看到载上男人和女人的出租车，我想，他们穿过街道聚在一起，被水流卷走，我想，伦敦的河流在远处咆哮，他们也融入了滚滚洪流之中。

此时此刻，玛丽·贝顿一言不发。她已经告诉你们，她怎样得出了这个乏味的结论——要写小说或者诗歌，你必须有每年五百英镑，还有一间可以上锁的自己的房间。她试图阐明自己在这个结论中的种种思考和印象。她让你们跟着她一头撞见校官，在这里吃午餐、吃晚餐，在大英博物馆里画画，从书架上拿书，望着窗外。她做这些事情的时候，你们肯定发现了她的种种过失和缺陷，判断这会对她的观点产生什么样的影响。你们反驳她，根据自己的标准增加或删减她的观点。这是应该的，因为对于这样一个问题来说，只有一一排除所有错误，才能找到真相。最后，我自己先提出两种可能出现的批评，这两点很明显，我不说你们肯定也想到了。

你们可能会问，我还没有说，两种性别的作家各有什么优点。我是故意不说的，因为时候未到——眼下弄清女性有多少钱、多少房间，比用理论说明她们的能力要重要得多。就算时机成熟，我也不相信人的天分（无论是大脑还是性格方面的）可以像糖果或者黄油一样衡量，哪怕剑桥大学这么擅长给人分类、戴帽子和加头衔的地方也做不到。我甚至认为，你们在《惠特克年鉴》中找到的次序表也不能代表最终价值，也没有确凿的理由认为，参加宴会时巴斯爵士一定要走在精神病患者调查官后面。这种不同性别之间、不同品质之间的斗争，所有对自己优越性的强调和对他人劣性的贬低，都是人类发展的小学阶段，在这个阶段，人被分为不同的"派别"，一个派别可以打压另一派别，最重要的是，你得走上台，从校长手中接过那个华丽的奖杯。人们成熟之后，便不会再相信什么派别、校长和华丽的奖杯。至少说到书的时候，像这样贴标签是一件难如登天、不可能做到的事情。现在的文学评论不正是这种评价难度的体现吗？"伟大的书""毫无价值的书"，同一本书会被人们同时冠上两个名字。赞美和批评一样毫无意义。虽然衡量的过程可能是一种愉快的消遣，但却是一项最徒劳的事业，屈服于衡量者的规则，是一种最为卑躬屈膝的态度。重要的是写自己想写的东西，至于它能存活好几年还是仅仅几个小时，没有人能说清楚。但如果牺牲你一丝一毫的想象力，或抹去它一点一滴的色彩，对某个手拿银奖杯的校长或袖中藏着标尺的教授言听计从，那就是一种最可悲的背叛，过去人们都说，财富和贞洁的丧失是人类的最大灾难，但和前者相比，只像被跳蚤咬了一口。

接下来你们可能会反驳我说，我的所有论证都太强调物质条件了。即使从象征意义上来说，一年五百英镑代表思考的力量，门上的锁代表独立思考的力量，你们仍然可以继续反驳说，思想应该超脱于这些东西，伟大的诗人往往都是穷人。到底是什么成就了诗人？关于这个问题，你们的文学教授亚瑟·奎勒·库奇爵士比我更懂，我给大家引用几句他的话：

"过去一百多年来，出现了哪些伟大的诗人？柯勒律治、华兹华斯、拜伦、雪莱、兰多、济慈、丁尼生、布朗宁、阿诺德、莫里斯、罗塞蒂、斯温伯恩——我们就此打住。这些人当中，只有济慈、布朗宁和罗塞蒂没上过大学，在这三位当中，只有英年早逝的济慈家境不那么好。这么说很残酷，也很悲伤：诗歌的才华并不是无论在何处、无论在贫穷或富裕的家庭中都能诞生，这是一个不争的事实。上面列出的十二位诗人中，有九位上过大学：这就意味着，他们都通过这样那样的方法，接受了英国最好的教育，这更是不争的事实。大家知道，在三位没上过大学的诗人当中，布朗宁家境还不错，你们想想，如果他家境不好，他就写不出《扫罗王》和《指环与书》，就像罗斯金如果没有一位做生意发了财的父亲，他也写不出《现代画家》来，这些都是不争的事实。罗塞蒂有一小笔私人收入，他还画画挣钱。只剩下济慈什么也没有，命运女神阿特洛波斯早早夺去了他的生命，就像她把约翰·克莱尔扼杀在疯人院，而詹姆斯·汤姆森则用鸦片来麻醉自己的绝望。这些例子很可怕，但我们都要面对。不管这样说有多抹黑我们的国家，我都要说，我们的国家确实出了某种问题，无论是现在还是过去两百年以来，贫穷的诗人都机会渺茫。相信我——十年来，我花了大部分时间观察三百二十多所小学，发现我们的民主都是空谈，其实英国的穷孩子就像雅典奴隶的儿子一样，很难实现心智的解放和自由，很难催生出伟大的文字来。"

他说得再清楚不过了。"无论是现在还是过去两百年以来，贫穷的诗人都机会渺茫……英国的穷孩子就像雅典奴隶的儿子一样，很难实现心智的解放和自由，很难催生出伟大的文字来。"就是这样。物质基础决定心智的自由，心智的自由决定诗歌的诞生。女性贫穷了不止两百年，而是有史以来就贫穷。女性在心智方面的自由还比不上雅典奴隶的儿子。因此，女性诗人的希望渺茫。这就是我为什么如此强调金钱和自己房间的原因。但是，多亏了过去那些默默无闻的女性（我希望自己可以更了解她们）的努力，多亏了那两场战争（虽然这么说有些奇怪），克里米亚战争让弗洛伦斯·南丁格尔走出了自家的客厅，以及六十多年后，欧洲战争让世界的大门终于向一般女性敞开，种种弊端终于走上了开始改善的道路。否则，你们今晚不会出现在这里，你们一年挣到五百英镑的机会就会微乎其微，虽然现在也机会不大。

你们可以继续反驳，既然女性写书要费那么大的劲儿，没准还得先谋害自己的姑姑，参加午餐会差点迟到，甚至可能跟某些大好人发生非常严重的争执，那你为什么如此重视这件事情？我得承认，我的一部分动机是出于私心。像所有没受过教育的英国女性一样，我喜欢读书——我喜欢大量读书。最近，我读的书有些单调无趣：历史书写了太多战争，传记写了太多伟大的男性。我觉得诗歌变得越来越贫瘠，小说我就不多说了，免得暴露我根本不懂批评现代小说的事实。因此，我想请大家去写各种各样的书，不管书的主题多大或多小，都不要犹豫。我希望，大家无论通过什么方法，都能挣到足够的钱，去旅行，去闲着，去思考世界的过去和未来，去看书做梦，去街角闲逛，让思绪的钓线深深沉入街流之中。我绝不限制你们只写小说。如果你们写旅行和冒险的书，写研究和学术的书，写历史和自传，写批评、哲学与科学——我就会很高兴，而像我一样的人还有千千万万。你做的这一切，无疑能够促进小说艺术的发展。因为书和书之间会互相影响。小说应该和诗歌、哲学紧密相连。此外，如果你回想一下过去的任何一位伟人，比如萨福、紫式部、艾米莉·勃朗特，你会发现，她们既是继承者，也是开创者，她们的出现，是因为女性自然而然养成了写作的习惯。因此，哪怕只是个铺垫，你们的这些行为也有着无限价值。

我回过头来看这些笔记，批判自己写下这些笔记时的想法，发现我的动机也不完全是自私的。在我的评论和漫谈之中，我坚信——或者是我直觉？——好书值得写，而好作家尽管有着这样那样的人性之恶，依然都是好人。因此，我让大家写更多书，是为了你们好，也是为了整个世界好。但我不知道要如何证明这种信念或本能的合理性，因为一个人如果没受过大学教育，说再多哲学术语也难以让人信服。到底什么是"现实"？它似乎是某种不稳定的东西——时而出现在尘土飞扬的小路上，时而出现在街头报纸的一角，时而出现在阳光下的水仙花中。它照亮了房间里的一群人，铭刻下某些平常的话语。一个人在星空下走回家时，它的出现会压倒一切，让沉默的世界变得比语言更加真实——接着它一转身，回到皮卡迪利广场的喧嚣之中，就出现在一辆公交车上。有时候，现实太遥远、太斑驳，让我们难以看清它的本质。凡是被它触碰到的，都会定格并成为永恒。当岁月的皮囊被丢进树篱，剩下的就是现实；它是往日的留痕，是我们的爱与恨。我想，作家能比其他人更多地生活在这种现实之中。作家的事业，就是寻找它、收集它、向更多人传播它。至少，我读完《李尔王》《爱玛》或《追忆似水年华》之后，做出了这个推断。读这些书，就像给感官做一台奇妙的除障手术，让人变得更敏锐；就像揭去世界的遮罩，让生命变得更强烈。那些与空幻斗争的人令人羡慕，而那些做事情稀里糊涂、碰得头破血流的人令人同情。因此，我让你们去挣钱、去拥有一间自己的房间，就是让你们去面对现实，那种生活一定充满了活力，不管你能否把它表达出来。

我想就此打住，但是按照惯例，演讲的最后应该有一段结束语。一场面向女性听众的演讲，应该包含某种鼓舞人心或者高尚的东西，你们肯定也是这么认为的。我请大家一定记住自己的责任，要努力提高自己，追求精神世界；我要提醒大家，你们肩负着怎样的重任，你们对未来又会产生多么大的影响。但我想，这些劝告留给另一个性别去说也许更稳妥，他们一定能用更好的口才来讲述，他们实际上也是这么做的。我检视自己的内心，发现自己没有成为伙伴、追求平等或对世界产生深远影响等高尚的情感。我想说的很简单、很平淡：没有什么比做自己更重要。如果我能把话说得更漂亮，我要说，别做梦了，人不能影响其他人。要思考事物本身。

翻翻报纸、小说和传记，我再次想到，女人对女人讲话时，心中一定有某种不快。女人为难彼此，讨厌彼此。女人——你们听这个词还没听烦吗？我可以告诉你们，反正我是听烦了。咱们得承认，一个女人读给另一些女人的稿子，结尾一定会有某种不愉快的东西。

我该怎么说？又能怎么想呢？其实，通常情况下我喜欢女人。我喜欢她们打破常规，喜欢她们的完整和默默无闻。我喜欢——但我不能继续说下去了。你们说，那边的橱柜里只有干净的桌布，但万一阿奇博尔德·博德金爵士藏在里面怎么办？让我说得更严肃一些，我刚才那番话，有没有跟你们说清楚人类的警告和责难？我已经告诉你们，奥斯卡·布朗宁先生对你们的评价有多低。我讲了过去拿破仑对你们的看法和现在墨索里尼对你们的看法。万一你们当中有谁要写小说，我已经为你们引述了批评家的建议，让你们勇敢面对自己性别的局限性。我还谈到X教授，强调了他的结论：无论是在智力、道德还是在生理素质方面，女性都比男性更劣等。我还没专门去找，就已经碰上了所有这些论调。还有一句来自约翰·兰登·戴维斯先生的终极警告，他说"当人们不再需要孩子，我们就不再需要女人"。我希望大家记下这句话。

我怎样才能进一步鼓励你们去生活？请大家注意，结束语要开始了，我要说，年轻的姑娘们，在我眼中你们无知得可怕。你们没有做出任何重要发现，没有动摇过一个帝国的统治，没有率领军队杀入战场。莎士比亚的戏剧不是你们写的，野蛮文明的开化没有你们的功劳。你们有什么借口？看看这世界上的街道、广场和森林，看看黑人、白人和棕色皮肤的居民在里面来来往往，忙着经营事业和爱情，你们大可以指着他们说，那是因为我们忙着干别的。如果没有我们，大海上不会有航船，沃土也会化为沙漠。据统计，地球上现存十六亿两千三百万人口，我们生他们、养他们，给他们洗澡，让他们受教育，一直到他们长到六七岁，这些事务就算有人帮忙，也依然需要时间。

你们说的不假——我不否认。但与此同时，我要提醒你们，从1866年到现在，英国存在至少两所女子大学；1880年以来，已婚女性已经可以合法拥有自己的财产；在距今整整九年以前的1919年，女性获得了投票权。我还要提醒你们，大部分职业已经向女性开放了快十年的时间。想想这些巨大的优势，想想你们享有这些权利的时长，想想此时此刻，肯定有至少两千名女性能想方设法挣到一年五百英镑，你就会发现，缺少机会、训练、鼓励、时间和金钱，这些借口已经不好用了。此外，经济学家还说，塞顿太太生的孩子太多了。当然了，你们也会生孩子，但他们说，生两三个就够了，而不是生十个、十二个。

因此，当你有了时间，读过了几本书——受够了某一种人，来上大学的一部分原因是为了避免某一种教育——你当然要进入人生的新阶段，开始一段漫长、艰苦而默默无闻的事业。有上千支笔等着对你指指点点，断言你会取得什么样的成就。我得承认，我的个人建议有点不切实际，因此我希望用小说的形式来表达。

我在这篇文章里说，莎士比亚有个妹妹，但你们不要去锡德尼·李爵士的莎士比亚传里去找她。她年纪轻轻就死了——可惜，一个字都没来得及写。她葬在大象城堡对面停公交车的地方。我相信，这位从未写下一字、葬在十字路口的诗人还活着。她活在你我之中，活在许多其他女性心中，她们今晚不在这儿，而是在刷洗碗筷、哄孩子睡觉。但她还活着，伟大的诗人永垂不朽，是永恒的存在，时机一到，她就会化作肉身来到我们之中。我想，这个机会就要到来，这个机会就在你们手中。我相信，等我们再活上一个世纪——我说的是人类的共同生活、真实的生活，而不是我们每个人的小小人生——等我们有了一年五百英镑和自己的房间；等我们养成了自由的习惯，勇于写下自己心中所想；等我们稍微逃离公用的起居室，学会通过人与人之间的关系，而不是人与现实的关系看人；等我们学会从事物本身看天、看树、看一切；等我们越过弥尔顿的亡灵，再也没有人能遮挡我们的视线；等我们面对现实，因为这就是现实，我们没有臂膀可以依靠，只能自己前进，我们的关系不仅仅是男人和女人之间的关系，而是人和真实世界的关系，等到那时机会就来了，莎士比亚死去的诗人妹妹就会唤醒她沉睡的躯壳。她会像他哥哥那样，从默默无闻的先驱者的生命中汲取力量，然后重生。如果她没有做好准备，我们没有付出努力，她重生后没法以写诗为生，我们就不能指望她会复活，因为这是不可能的。我坚信，只要我们努力，她就会到来，因此，无论多么贫困和默默无闻，我们的努力都是值得的。

End

弗吉尼亚·伍尔夫

VIRGINIA WOOLF

1882年1月25日—1941年3月28日

1882年出生于英国伦敦

1897年进入伦敦国王学院，学习希腊文和历史

1904年迁居布鲁姆斯伯里戈登广场46号

同年12月14日，初次在《卫报》上发表一篇未署名的书评

1905年开始在戈登广场46号举办"星期四之夜"

1910年为女性投票权运动做志愿工作

1912年和伦纳德·伍尔夫结婚

1915年第一部小说《远航》出版

1917年和伦纳德·伍尔夫创立霍加斯出版社

1925年《普通读者》《达洛维夫人》出版

1927年《到灯塔去》出版，次年获法国费米娜奖

1928年10月在剑桥大学先后两次演讲

1929年《一间只属于自己的房间》出版

1931年《海浪》出版

1941年身体状况恶化，于3月28日投河自尽

周颖琪

上海外国语大学英美文学硕士毕业
工作与书为伴，翻译涉及童书、文学、自然和建筑
译作有《怪物比利·迪恩的真实故事》《企鹅及其他海鸟》《喀伦坡之狼》等
住在乡下，火车通勤，周末遛弯，看云观鸟

一间只属于自己的房间

作者 _ [英] 弗吉尼亚·伍尔夫　　译者 _ 周颖琪

编辑 _ 闻芳　　装帧设计 _ 尚燕平　　主管 _ 李佳婕

技术编辑 _ 白咏明　　责任印制 _ 梁拥军　　策划人 _ 许文婷

营销团队 _ 闫冠宇 刘冰 杨喆 王维思 谢蕴琦　　物料设计 _ 孙莹

鸣谢 (排名不分先后)

朱琳　何月婷　付禹霖　何娜　王誉

果麦
www.goldmye.com

以 微 小 的 力 量 推 动 文 明

图书在版编目（CIP）数据

一间只属于自己的房间 / (英) 弗吉尼亚·伍尔夫著;
周颖琪译. -- 天津：天津人民出版社, 2019.10（2025.6重印）
ISBN 978-7-201-15165-6

Ⅰ.①一… Ⅱ.①弗… ②周… Ⅲ.①散文集 - 英国
- 现代 Ⅳ.①I561.65

中国版本图书馆CIP数据核字（2019）第178511号

一间只属于自己的房间

YIJIAN ZHI SHUYU ZIJI DE FANGJIAN

出　　版	天津人民出版社
出 版 人	刘锦泉
地　　址	天津市和平区西康路35号康岳大厦
邮政编码	300051
邮购电话	022-23332469
电子信箱	reader@tjrmcbs.com

特约编辑	闻　芳
责任编辑	王小凤
装帧设计	尚燕平

制版印刷	河北鹏润印刷有限公司
经　　销	新华书店
发　　行	果麦文化传媒股份有限公司
开　　本	880毫米×1230毫米　1/32
印　　张	5
印　　数	643,201-693,200
字　　数	76千字
版次印次	2019年10月第1版　2025年6月第35次印刷
定　　价	39.80元